歡迎來到
U0075280
11.5
的教室
衣笠彰梧
KINUGASA SYOUGO
トモセシュンサク
TOMOSESHUNSAKU
Kadokawa Fantastic Novels

歡迎來到實力至上主義的教室 11.5

Welcome to the Classroom of the supreme principle of force

contents

彩頁、內文插畫／トモセシュンサク

少女窺視鏡中的自己

今天是三月三十一日。

是那個人——我的哥哥，待在這間學校裡的最後一天。

「我的臉看起來好糟糕。」

我窺視鏡子映出的那張臉有點消沉，滿是憂鬱。

應該是因為我昨天幾乎睡不著的關係。

我在這間學校跟哥哥交談的時間究竟有多長呢？

就算為期一年，也一定不到幾個小時。

這份關係實在太淡薄了。會被人嘲笑連朋友都不如也無可奈何。

兄妹——幾乎感覺不出我們有血緣關係，他是個處在距離既靠近又遙遠的人。

「就這樣跟哥哥離別，真的好嗎？」

我問鏡中的自己。

她當然不會回話。

只有表情憂鬱的我凝視回來而已。

我根本不需要窺視這個眼神在訴說什麼。

我有一堆話想要告訴哥哥。

就這樣分別，根本不可能無所謂。

我這樣想著想著，一年就過去了。

到頭來，還是無法製造出交談的時間。

可是……現在不一樣。我變得可以面對他，所以只要正大光明地見他就好。

只要正大光明地見他，說出最後的道別就好。

「……不對，不行。」

現在的我甚至沒資格跟他道別。

我和哥哥的關係確實產生了變化。

可以讓哥哥看著我了。

可是……

這一年，我幾乎沒辦法向哥哥展現自己的成長。

就這樣離別，哥哥一定也不會高興。

倒不如說，大概只會讓他替我這個沒用的妹妹操心。

我不能讓哥哥產生這種心情，糟蹋他輝煌的三年。

乾脆別見面會比較好嗎？

我甚至不禁這麼想。

不能因為自己的任性讓哥哥困擾……

「不對，不是這樣，這怎麼可能好呢？」

我再度詢問鏡中映出的自己。

我什麼都沒有展現出來。

就算這樣，逃避也不是正確答案。

只要可以抱著自信，告訴哥哥自己沒問題，問題就會解決。

那麼，我要怎麼做？

該怎麼做才好？

時間明明已經所剩無幾。

如果我更早察覺到自己的愚蠢。

如果入學後馬上就察覺——

「這種已經發生的事，後悔也沒意義……」

時間過了早上八點。

今天正午，哥哥就要出發了。

「我該怎麼做——該怎麼做才好？」

我原本覺得只要展現自己的原樣就好。

可是，雖然現在的我就是我，實際上也不算是原本的我。

我是個只顧著不斷追尋哥哥，愚蠢至極的妹妹。

鏡中映出的身影，與過去的自己重疊。

「我……到底……是誰？」

沒錯。

鏡子映出的是我自己，實際上卻也不是我。

「……冒牌貨。」

現在的我就是個冒牌貨。

回想起來，我有一半以上的人生都是以虛偽的自己度過。

我隱藏真正的自己，不斷偽裝。

這應該就是「哥哥尋求的妹妹」——我是一直這樣認為的冒牌貨。

外表、人格、成績，全都是為了哥哥。

我是為了被哥哥認同所製造的冒牌貨。

憑這種冒牌貨，根本就不可能被他認同。

不對，不是這樣。這幾年的我，無庸置疑就是我。

不能說是虛假的。

雖然說這段人生很短暫，但也能說是陪伴我一半人生的真正自我。

我不會對於一直這麼做的自己後悔。

可是……

「我想讓他看的……真正想讓哥哥看的是……」

我唯一能對那個人展示的一件事。

總覺得現在好像看得到了。

「……謝謝妳。冒牌貨——無庸置疑的真正的我。」

我對著鏡子、對著自己低下頭。

長髮搖曳。

接著將臉抬起，將視線從鏡子上移開。

我已經面對完過去的自己。

沒時間了。

這是我自己必須做的事情。

在最後一刻察覺到的事情。

也是為了讓哥哥放心踏上旅程的最後贈禮。

畢業典禮

三月二十四日，畢業典禮。

這是三年級生們結束了所有流程後，終於要迎接啟程的重大活動日。

雖然從其他在校生來看，這只是個一般活動，但就我個人來說卻很值得一看。

首先，我好奇的是堀北的哥哥對上南雲的結果。

競爭應該進行到了最後一刻，而我還不知道那個戰鬥結果。

堀北哥哥有順利在A班畢業嗎？還是因為南雲的介入而被打敗了呢？

昨天放假期間應該就知道結果了，但因為我有事要做，沒有踏出房門半步。

不論如何，今天恐怕就可以知道結果。

還有，單純就是我對於畢業典禮為何很感興趣。

無論是畢業典禮或結業典禮，我很自然地對於初次體驗的事情感到雀躍。

接近上學時間了。我決定鎖上房間，前往學校。

「早安。」

我被在電梯裡碰到的啟誠搭話，簡單地做了回應。

電梯裡也有好幾名別班的學生，因此我們沒有特別閒聊，而是就這樣安靜地從大廳並肩走到宿舍外。

「好不容易升上C班，到頭來還是一年就回到了原點。不過，受到的損傷比我想像得還要少。」

啟誠的這番低語，像是被萬里無雲的天空吞噬般消失不見。

在一年級最後的特別考試上吃下敗仗的C班，迎接了再度掉下D班的發展。

不少學生應該都大受打擊，但幸好對戰對手是A班，而持有保護點數的我當上指揮塔，履行了緩衝劑一般的職責。大家會認為輸了也沒辦法，或者光是英勇戰鬥過就很了不起了。

雖然變得必須掉下D班，但在班級點數的增減上，絕不是個糟糕的數值。

三月下旬的暫定班級點數

坂柳率領的A班　一千一百三十一點

一之瀨率領的B班　五百五十點

堀北率領的C班　三百四十七點

龍園率領的D班　五百零八點

這數字是三月下旬時的。

班級點數確定下來，基本上都是在每個月的一日。班級在那個時間點才會有變動，因此現在我們還不是D班，而是C班。然後，隨著龍園他們再次升上C班，他們的班級點數也變得幾乎與B班並列。

如果按照目前的點數迎接下個月的四月一日，班級就會大幅變動。

不過，我們不能忘記在這所學校裡各種狀況都會被納入考量，每個月都會為班級點數帶來變動。

一之瀨的班級有很多認真的學生，龍園的班級就算是講好聽點也說不上是資優。

恐怕在私生活的層面上，班級點數都會出現差異才對。

目前B班的學生們，大概都因為這個狀況而嚇得背脊發涼。

不過，一之瀨還是在這一整年成功死守住B班，這似乎算是不幸中的大幸。

話雖如此，目前的差距只有四十二點。

下次的特別考試之類的時候，龍園大概就很有可能將B班確實拿下。

只看這些的話，那只有掉回D班的我們看起來非常晚才起步，但不能忘記去年四、五月時的班級點數。

去年的四月，所有班級都在並列一千點這個起點。

既沒有身為A班的好處，也沒有身為D班的壞處。

雖然現在想想，在那邊站穩腳步也是最大的機會……

然而，我們D班在不到一個月的期間，就花光了所有班級點數。

結果……

去年五月一日時的班級點數

坂柳率領的A班　九百四十點

一之瀨率領的B班　六百五十點

龍園率領的C班　四百九十點

堀北率領的D班　零點

五月所有班級都降低了點數。實質上，比賽也可以說是從這個月才開始。

這麼想的話，我們班一年就得到了三百四十七點。

生活態度和遲到缺席之類的會帶來影響，班級點數應該還會再減少一些，但大致上大概會是三百三十點到三百四十點這樣的結果。

從這邊看出來的，答案就是我們是整年增加最多班級點數的班級。遠高於年度上升值第二名——A班的一百九十一點。

想到去年春天馬上就墜到零點谷底，這也可以說是做得很好了，但升上二年級之後將會更需要同學們進一步地活躍。

不這麼做，就無法縮短與前段之間的差距。

像是堀北、平田這些領袖級人物的成長，以及同學能力的整體提昇。

只要以這些為前提，要和上面的班級競爭也算非常實際吧。

附近沒人之後，啟誠就理解到什麼似的開口：

「沒關係，其他同學幾乎都沒有責怪你。」

他好像以為我正苦惱於指揮塔的失敗，於是這樣搭話。

我當然根本不在意，但還是拾起了啟誠的話：

「幾乎嗎？」

他應該是打算安慰我，但這句話也很也令人掛心。

總之，也就是說雖然是少數，但還是有學生對我抱著不滿。

「這……根本就不可能完美進行吧？但與其說是你不好，倒不如說我也只是聽見了應該給更可靠的學生當指揮塔的意見。」

總覺得在某種意義上，意思也等於是在責怪我。人是很不講理的，就算以為自己接受，事後卻提出反對，也絕對不稀奇。

輸給A班的理由是「指揮塔的差距」——他們會這麼吐露不滿也不足為奇呢。

「就算有人來亂講些什麼，你也要保持強勢喔。因為要是沒有保護點數，才不會有人去當什麼指揮塔。」

啟誠想到今後有學生來找我抱怨時的狀況，於是就這麼幫我說話。

「多半是這樣吧，但也有龍園的案例。」

我這樣說完，啟誠就淡淡苦笑，左右搖搖頭。

「那傢伙很特殊，我也是把他亂來的事情理解成表演的一環。事實上，唯一沒有保護點數的龍園出場，B班也因為始料未及而迎來一場大敗呢。」

只看表面的話，啟誠說得沒錯。

不過，事實不只如此。那是龍園經過計算，通往勝利的戰略。

毫無防備的表演只是布局之一。

「……欸，清隆，我有事問你。」

話題告一個段落後，啟誠再次這麼開口。

「你怎麼沒有向堀北報告，我獨自決定拉攏葛城的事呢？」

啟誠為了在學年末的考試上贏過Ａ班，而向堀北提出戰略，說要拉攏與坂柳對立且敗北的葛城，但因為風險的程度以及實現的難度，所以遭到堀北駁回。

不過啟誠無法接受，並以自己的判斷拉攏葛城。結果以失敗收場。

雖然實際上失敗了也沒有重大的影響。

就只是葛城沒有協助而已。等於是完全沒有受到實際損害。

「損害很少不就好了嗎？」

對啟誠來說，重要的部分不是那邊。

我很清楚這點，但還是刻意說出了安慰的話。

「那是因為葛城不是那種同意卑鄙手段的人。假如是坂柳或龍園那種人，我們就會受到更加毀滅性的損傷。」

正因為啟誠打算強行攏絡別人，所以強烈地感受到責任，並擔憂著沒發生的未來。

從語氣看聽來，啟誠似乎自行跟堀北說出拉攏葛城的事了。

「……對，我主動告訴堀北了。我覺得自己應該負起責任。」

他承認自己抱著被斥責的覺悟向堀北坦白，並老實地把這件事告訴我。

「你很確定葛城不可能背叛Ａ班嗎，清隆？」

然後直接向我提出疑問。

「我並不確定，實際上葛城確實也有可能倒戈，對吧？」

「這……是沒錯啦……」

至於那會是百分之五十或者百分之一，在此就先不談了。

「我沒向堀北報告，單純是忘了而已。我當時很不放心自己能否完成指揮塔的職責，滿腦子都是這件事。在這層意義上，我也有很大的責任。如果我們成功拉攏了葛城，考試就有可能無法順利進行。彼此彼此啦。」

我們互相道歉，把葛城的那件事做個了結。

「彼此彼此嗎？但我還是痛切地感受到自己預測的天真。假如考慮到風險，根本就不該拉攏葛城。」

過去的事情不能當作沒有發生，但我們還是可以回顧省思。

「如果預測很天真，那我也是同罪。因為我在場，卻什麼也沒說。」

「你能這麼說，我的心情也輕鬆一點了。」

在那場考試上多半學生都是被動參與的情況下，啟誠為了獲勝，而拚命地打算達成什麼。

「而且，你也因為這次了解到了吧？那種戰略不會輕易成功。」

也有很多事情可以從失敗中學習。

雖然能否活用那些失敗要端看本人。

「……是啊，我太想贏了，沒有看眼前的狀況。真是的，冷靜下來後還真是羞愧。」

他反省似的嘟噥。

拉攏葛城確實是個天真的想法，但我想對他挑戰過的這點予以好評。

「所以，堀北那傢伙跟你說了什麼？」

「堀北沒有責備我，我明明說不定會給班上帶來損害。不只是這樣，她還說下次想到點子也一定要告訴她。雖然我當然有被她忠告不要急功近利。」

看來堀北也給了啟誠類似的評價。

人都會反覆失敗，接著有所成長。只看結果就譴責他人，無法成為指導者。

當然一直沒完沒了失敗的那種人，遲早都還是會被拋棄。

「老實說，我至今都很不認同堀北站在領袖般的位置。她確實頭腦清晰，運動神經也很好。不過，該說是措辭嗎？我心裡有些地方很難接受那種蔑視他人的態度。」

這點我也不否定。因為她至少到目前為止，都不是會用平田和一之瀨那種品德帶領同學的人種。

她可以找到一定的夥伴，另一方面也必然會樹敵。

「可是……我也是半斤八兩。我過去認為運動根本就不必要，也一直很鄙視所有腦筋不好的傢伙。我也是一丘之貉。」

剛入學的啟誠，有片面瞧不起不會讀書的學生的傾向。因為他認為學生的本分——課業的優秀與否才是一切。

「現在的你和一年前的你完全不一樣，你變了很多。」

「嗯，我也這麼覺得，連我自己都覺得不可思議。讀書當然最重要，但是，運動和溝通能力，還有友情也都一樣。我理解到了每個都很必要。不過，這點堀北也一樣。那傢伙也開始一點一點地改變，變得比以前更可靠，也變得能讓人信賴。」

啟誠不太會對綾小路組以外的人卸下心防。儘管如此，堀北值得誇獎的地方，他還是確實地稱讚到這種地步，就我來說，我可以坦率地相信這番發言是真心話。

「可能吧。」

雖然簡單，但我還是先表示同意。

儘管費時一年，但藉著直接接觸，他也開始看得見堀北這名學生了。

堀北自從班級投票那件事以來，就開始漸漸被同學接納。

主因不是戰略的敏銳度或領導能力的強度，而是在於別處。

因為堀北堅固的心防一點一點地被拆除。那面牆存在時，她會斷定自己以外的學生都是累贅，斷然地做出弱者被捨棄也沒辦法的結論。正是個擁有跟啟誠類似傾向的人。

「當然，我不覺得聽從堀北所有的發言就正確。如果我認為堀北做出錯誤的判斷，還是會想

要不客氣地上前追究——我這樣有錯嗎？」

啟誠像這樣統整想法。

相信值得相信之處，懷疑值得懷疑之處的態度。

「不會，這是正確的。那才是班級原本該有的樣子。」

就算變得再可靠，堀北也一樣是高中生。

有時可能也會犯下重大的錯誤。

那種時候，指出那些錯誤的學生就算多一人，都是件很令人高興的事。

可以並肩討論，為了解決而互相努力。

坂柳和龍園那種獨裁制的班級，大概就辦不到這點。

硬要說的話，我們班今後應該會逐漸變得偏向一之瀨的班級。

然後，以我們自己班上辦得到的做法縮短差距才重要。

1

體育館。

集合起來的全校學生，還有所有教師們。

各個相關人士、平時不會看見的大人們都排著隊，溫暖地見證畢業典禮。

這是三年級生們正要踏上新的旅程，向前邁出一大步的瞬間。

升學的人、就職的人、無法決定路線而停下腳步的人。

他們都逐漸跨越了小孩的範圍，朝著社會自立。

我在思考。

兩年後，自己會以什麼感覺站在那個地方。

還有應該會想些什麼。

我想要相信自己就算決定好今後要走的路，也一定會在心理描繪著各種事情。

想要相信自己在這裡學到的知識，將化作為今後生活上的幫助。

「那麼接下來，我想請這三年戰鬥到最後一刻，堂堂在A班畢業的班級代表人致答詞。」

負責主持的大人透過麥克風這麼說。

體育館充滿著更加寂靜的氣氛。

「代表人，A班——」

如果這邊被唱名的學生不是堀北學或他的同學。

意思就是最後一場考試的結果上班級有了變動。

許多在校生應該都在這個瞬間感受到一股強烈的情緒。

因為既然在籍這所學校，在A班畢業就是唯一且最大的目標。

「——堀北學同學，請上前。」

聽見這名字時，堀北應該打從心裡鬆了一口氣。

雖然並不清楚南雲做了多少妨礙，但堀北哥哥似乎還是平安在A班畢業了。

他威風凜凜地走向講台後，將視線移到在校生與相關來賓身上。

「致答詞——在因為梅花芬芳而感受到春天氣息的這天，我們迎接了畢業典禮——」

堀北哥哥開始致答詞。

述說了像是對於學校舉行盛大畢業典禮的感謝。

還道出了三年前入學時的事情。

「——我仍鮮明地記得，在自己入學高度育成高中，感受到這裡與其他學校不同的氛圍，懷抱著肩負未來這重責大任的同時，也發誓過要將這三年變得充滿意義。」

緩緩說話的氛圍，隱隱讓人感受到他沉穩的氣質。

他與一年前的入學典禮後，作為學生會長站在相同地點的那個人物，好像有某些地方不一樣。

我在莊嚴進行的答詞上感受到了這種變化。

不只是堀北哥哥。我覺得經過歲月的洗禮，在校生們也有了大幅成長。

「雖然這是我的私事，但我去年曾經作為學生會的代表，向一年級生說過一些話。」

就像是跟我的思緒連結一般，堀北哥哥這樣開口。

「比起去年從這個地方看見你們的那個時候，現在光是看一眼，就可以感受到大家的成長。」

一年前，堀北哥哥藉著沉默改變了我們一年級生不沉著的氣氛。

那是當時許多學生們都看不見的事情。

現在，沒有任何一名學生在這場畢業典禮上私下交談。

堀北哥哥作為就要畢業的學生，也對在校學生們投以溫暖的眼光。

「然後，接下來要升上三年級、站在引領在校生立場的二年級生，我希望你們在遵守這所學校規章的前提下，充分發揮你們的能力。」

幾分鐘後，答詞也差不多接近尾聲了。

「我在這裡保證，在這所學校裡學到的知識，在往後的人生中將成為最重要的寶物，也將變成很有用處的東西。」

堀北哥哥再度凝視在校生們。

「明年，以及兩年之後，致答詞的人也一定都會迎接可以理解這點的瞬間。」

致答詞的人。

總之，就是在A班畢業的班級領袖。

若是二年級生的話，剛才在朗讀歡送致詞的南雲，就是最有希望的人選了吧。

一年級生還處在混戰之中。那會是堀北、一之瀨、龍園，或坂柳——

還是成為新領袖的某個人呢？

校園生活已經過了三分一，但這也只是三分之一。

今後班級會替換，學生也會逐漸減少。

即使如此，勝出的領袖，被允許作為代表站在那個地方。

堀北哥哥朗讀了緩慢且流暢的答詞。

「——這三年，真的非常感謝。」

這段時間過沒多久也要迎接結束。

從學生們到教師們，接著到學校，他都致了答詞。

漂亮的答詞宣告結束，畢業典禮進入下一個階段。

2

畢業典禮結束後，我們在校生最早離開體育館。

然後先回了自己的教室。

待會兒畢業生、全體教師，以及參加典禮的畢業生監護人將會集合起來，開始舉行謝師宴。

所謂的謝師宴，似乎就是畢業生及其監護人慰勞教師的宴會。

在校生就算回宿舍也沒關係，但是有參加社團或是跟三年級生很要好的學生，待會兒似乎會做準備等待畢業生出來。

他們可能會獻上花束，或是做某些特別的告白或者有話要說。

像是焦躁不安，或是因為緊張而變得沉著，當中會有各式各樣的學生。

「好啦，雖然我也是可以在明天的結業式上說，但我還是先簡單地總結這個學期吧。」

全班就坐沒多久之後，茶柱就這麼說，並望向學生們。

「首先是學年末的考試。你們以A班為對手，我就先評價你們這次考得很漂亮吧。老師們也對你們成長的模樣感到驚訝。」

雖然是場敗仗，平時嚴厲的茶柱卻還是坦率地誇獎了大家。

「跟一年前剛入學的你們相比，簡直是判若兩人。虧你們能成長到這種地步。」

「可是，老師，我們又掉下Ｄ班了耶，這樣不是超遜的嗎？」

池不甘心地說。

「看起來確實像是回到了原點。不過，這一年你們的確有了成長。應該可以說你們在實力層面上超出了單純的班級點數差距，已經很接近其他班級了。」

「被您這麼誇獎，反而很可怕耶。不會是有什麼事吧，老師？」

須藤會想對誇獎我們的茶柱這麼說也理所當然。

因為待會兒可能又會說出緊接著就要考試。

「沒什麼，我只是單純這麼覺得。我當老師是第四年了，你們是我負責的第二個班級，但你們比之前的Ｄ班學生們還要優秀一輪以上。話雖如此，這些話也同樣能對其他班級說。你們能否升上前段班，可以說就要看接下來有沒有持續努力不懈。」

咚。茶柱輕敲了黑板。

「明天是結業式，就算沒有課程，也別忘記一樣是要上學的日子。」

班上聽完茶柱的話，就解散了。

不知道有多少學生要去等三年級生離場，我隔壁的鄰居又會怎麼做呢？

擔任學生會長，又負責作為A班領袖致答詞的男人——他的妹妹。

堀北直盯著黑板，僵住動作。

她的腦子裡應該在思考著各種事情。

總覺得貿然地自找麻煩也可能被她攻擊，但我還是試著問了問。

「妳要去嗎？」

「你是指？」

「呃，再怎麼說，妳都知道吧？」

「你如果是問我要不要去見哥哥，我沒有那種打算。」

堀北這麼說完，就撇開了視線。

不打算去嗎……

「你們不是之前變得可以對話了嗎？」

「這跟你沒什麼關係吧？我們有我們的問題。」

總覺得現在有問題的也只有妳就是了。

「錯過這次機會，就會繼續拖延下去了喔。」

「這……」

雖說狀況開始緩解，但她在關鍵的地方卻很不積極呢。

這也是這幾年的關係就是如此複雜的證據嗎？

「我會去見他。」

「咦？你打算見哥哥？」

正因為我平時不會跟人有太深的瓜葛，所以堀北也很意外地表示驚訝。

「我跟那傢伙沒有要好過，但畢竟今天可能就是最後的機會了呢。」

先打聲招呼也不錯。

「是嗎……」

「有什麼問題嗎？」

「沒什麼。要見哥哥是你的自由。」

雖然她的臉上寫著「為什麼你要去」，但她沒提及這點。

我站了起來。

現在這個時間，很多教師都被召集去謝師宴了。

擔任代理理事長的月城也一樣。他不可能不參加。

「你要去哪裡？」

「打發時間。考慮到謝師宴，我暫時會閒得發慌呢。如果妳也要見妳哥哥的話，待會兒要會合嗎？」

「……我考慮。謝師宴會辦多久？」

她原本是說不打算去，但現在似乎是要撤回那些話。

「不知道耶，大概是一小時或兩小時吧？」

實際上謝師宴的預定時間是「九十分鐘」，離結束還有很多時間。

這段期間，我要先完成該做的事。

3

接下來，把日期回溯到昨天二十三日。

選拔項目考試結束的那晚，我打給了某個人。

『喂？我是坂柳。』

沉著的成人嗓音。

我不是打給同年級生的坂柳有栖，而是打給她的父親——

因為月城的陷阱而被罰閉門思過的坂柳理事長。

坂柳理事長接起電話，他當然對我的號碼沒印象。

「抱歉，這麼晚打給您。好久不見，我是綾小路。」

我這麼報上名字，先讓他理解我是誰。

『咦？綾小路……？你是綾小路同學呀？』

坂柳理事長從姓氏以及聲音理解後，便表現出驚訝。

我必須立刻告訴他自己不是因為無謂的惡作劇而打給他。

「不好意思，突然打給您。」

『不會不會，真是嚇我一跳呢，你怎麼會知道我的號碼？』

「我問了您的女兒。她說這是您跟校方相關人士聯絡時所使用的號碼。」

我在學年末考試的歸途上詢問坂柳後，她馬上就爽快地告訴了我。

「理事長您也是只會把號碼告訴女兒的那種人呢。」

他應該沒有特別偏袒，但這果然也代表著掌上明珠就是可愛吧。

我本來這麼以為，但坂柳理事長的反應卻讓人意外。

『有栖……？不……我的號碼連女兒都沒說喔。』

他驚訝地這麼否認。

『她到底是什麼時候，又是在哪裡知道的呢？』

坂柳理事長好像露出了苦笑。從他的說法感覺不出是在騙人。

「您的號碼平常都會保密嗎？」

『老師們當然全都知道，應該是分配給相關人士的資料上有寫……』

若是這樣，得到號碼本身就沒有那麼難。就算坂柳在某處看見並記下來也不足為怪，但有件事情我很在意。坂柳理事長應該是就連對重要的女兒，都會貫徹公平性的男人，我不覺得他受我央求就會伸出援手。那麼，她又為什麼要特地記住電話號碼呢？這也不是為了報告近況或閒話家常吧。

我想起自己跟坂柳詢問電話號碼時，她似乎答得很高興。

說不定坂柳是預想我哪天可能會傷腦筋，而向她詢問理事長的號碼。

『所以……我該做何反應才好呢？』

就理事長來看，比起得到號碼的方法，這應該才更重要。

畢竟他不歡迎學生直接打給他，唯有這點可以確定吧。

「應該沒有不能打給理事長的這條規定吧？」

我就只有先確認這點。

如果在這個時間點被判出局，就沒辦法繼續通話了。

『確實沒有呢。這通電話本身不是我應該拒絕的。』

他也這麼繼續說：

『我個人是覺得應該盡早結束這通電話。你找我有什麼事呢？』

對方好像很為難，但沒有要責怪我的樣子。

不過，這也是因為沒有不能打電話給理事長的這種罰規吧。

「坂柳理事長，聽說您現在因為不法疑慮，而正在閉門反省。這應該不是真的吧？」

『這個提問還真不像學生，而且又很直接呢。就本校學生對理事長說出的發言來說，這非常不適當。』

針對我提問的回答，他態度柔軟地徹底迴避。

但這件事情也直接關係著我該說的正題。

這裡我要再堅持一下。

「可以的話，能不能請您回答？」

『……綾小路同學，我不知道你的目的是什麼，但這點我無法回答。理由當然不用多說吧？』

「因為這不是那種可以告訴學生的事情，對嗎？」

『是呀，這件事情與學生毫無關聯。』

坂柳理事長身處的境遇與立場——這跟學校的學生本來就沒有關係。

像這樣拒絕，可以說是理所當然到不行的反應。

「我非常清楚。可是，我有苦衷沒辦法顧及這些。」

首先，我必須讓坂柳理事長知道我的狀況。

『我不知道你有什麼苦衷，但你是本校的學生，不管是你或有栖都無關。這件事情你應該沒有誤解吧？』

坂柳理事長沒有隨便敷衍，而是確實地仔細說明。

從這些對應來看，也可以觀察到他是個很優秀的男人。

「當然。我個人和您之間，不存在超出學生與學校相關人士的交集。不對，我認為那是不該有的。」

我比任何人都更不期望自己因為這種事而被納入特別的範圍。

『既然這樣，就該結束這通電話了吧？今天我會當作沒發生過——』

「不，這樣就會無法除去『雜質』。」

我以這一句話當作讓坂柳理事長理解情勢的信號、起點。

『你剛才說我們之間有雜質？』

「對。那個雜質，指的就是月城代理理事長。」

然後，因為拐彎抹角也沒有好處，所以我一口氣提出正題。

『……月城怎麼了嗎？』

他的音調稍微改變了。

就是因為他聯想到了什麼，所以腦中才會馬上浮現「雜質＝月城」的圖示。

「月城代理理事長在學生們為了較勁實力的重要考試上私自行動，做出了妨礙行為。坂柳理事長，這件事您應該不知情吧？」

『我沒辦法看見事情的全貌。月城介入了考試？你到底在說什麼……』

坂柳理事長在表面上徹底假裝毫不知情。

他看不出我真正的意圖，所以這也是理所當然的反應。

「您會突然有不法的疑慮，也是月城代理理事長做的好事。他應該是覺得重視立場公平的您很礙事。」

坂柳理事長似乎正在電話的另一端稍作思考。

就算我們因為White Room的關係而有關聯，我也只是一名學生。

應該很不適合當作討論大人苦衷的對象。

不過，要是一切都是起因於我，就另當別論了。

不，坂柳理事長應該也在很早的階段就料到這種事了。

不過，既然沒出現實際的受害，他也不能有任何行動。

『為什麼月城要做那種事？他原本就是上面的人，應該沒必要特地踢下我這種人吧？他來這間學校妨礙考試？我感覺不到必要性。』

這是最後的確認。

為了辨別我是不是一個可以與他對等地享有情報的對象所做出的確認。

「月城的目的就是祕密地讓我退學。他就是為此來到這所學校。」

我先把自己理解的事情，在這裡變成明確的答案。

『如果這件事沒有根據，就會是很有問題的發言。』

「是呀，但現在沒時間慢吞吞地討價還價。因為那個男人為了達成目的，應該會不擇手段。」

這也要取決於理事長對我父親有多少了解。

如果關係很淡薄，就會難以產生真實感。

不過，看目前為止的電話應對，我可以大致上預料到。

這名坂柳理事長很了解父親，以及父親的思考模式。

『你是說老師……你父親只是為了把你帶回，就要做到這種地步？』

他剛才那句話也可以說是這件事的根據。

月城的背後有我父親，這我還沒有說出口。

他根本不需要確認就做連結，便是這件事情的證據。

『你說他在學年末的考試上做出妨礙行動，對吧？有什麼實際的受害嗎？』

坂柳理事長當然無從得知這次特別考試的內幕。

要是知道的話，現在當然就會過來做某些接觸了。

「我接下來會說明。」

月城在學年末的考試上掌握系統，竄改了我的答案。

為了消除保護點數，而搶走了我的一勝。

雖然只是一場勝利，但再怎麼樣都是一場勝利。

這是會帶給整個學年影響的不正當行為。

假如有這一勝的話，我們班就會順利地一舉逼近前段班。

隨著我說明經過，他的回應也一點一點地變少。

因為父親只為了讓一名學生退學，將會無所不用其極——這點已經很明確。

這不會是結束。

這代表了開端，直到綾小路清隆這名學生退學為止都會持續下去。

「大概就是這樣。您願意相信嗎？」

通常這種事情被當成是學生在胡說八道也沒辦法。

但坂柳理事長認識我的父親，知道我的過去。

很自然地就會擅自得出結論。

包含真實與謊言。

『只能相信你了吧——相信他是為了讓你退學，而進入我們學校。我有聽說新系統的導入，但真沒想到會是為了這種事……』

名義上是為了學校跟學生，但其實那只是為了讓我退學的手段之一。

『也就是說，他為了把你帶回去而不顧體面了嗎？總覺得可以理解你聯絡我的用意了，因為這對學生來說是件束手無策的事情呢。』

我原本就覺得，如果可以讓坂柳理事長理解情況的話，他就會這麼說。

『我可以當作你來向我尋求幫助嗎？』

「差不多吧。」

我坦率地承認這點。

以眼還眼，以牙還牙。

面對校方的戰鬥，我也只能以校方人馬對付。

更何況，處在理事長立場的月城，是我平常連接觸都無法實現的對象。

『但在這之前先讓我問問……不，可以讓我確認嗎？』

「什麼事呢？」

我做好心理準備，不論是我能回答，還是不能回答的問題，都要準備他期望的答案。

『月城連考試結果都要介入，必須以他為對手，對你而言會是一場硬仗。你判斷今後難以一直撐過，而來求助於我。從這點來看，我完全不用懷疑這會是個危機。然而，你卻非常地沉著。』

他這麼繼續說：

『如果你有誤會，那我想先修正。我既沒有信心，也沒有立場可以回應你的期待喔。』

我知道他想說什麼。

坂柳理事長即使一聲令下大概也無法排除月城。

如果我是期待這種事情而打來——

他想說——若是如此，那我就找錯人了。

『我現在是因為不法的疑慮，而被處罰閉門反省的身分，連自己的窘境都還沒有熬過。你對這樣的我抱持過度期待，我也很傷腦筋。』

所以，面對連焦躁都讓人感受不到的我，他才會清楚地強調這個部分。

「如果這純粹是一通求助電話，就可能確實是這樣了呢。」

『……怎麼說呢？』

「目前為止，我在這所學校生活都是以盡量不引人注意為信念。因為我入學就是想當普通學生過完這三年。」

這就是我入學前的目標、心情。之所以來到這裡的真正想法。

「我是出生以來第一次自己立下目標，並打算執行。」

『……嗯，我很清楚這點，所以才會接納你。』

雖然我不知道理由為何，但就結果上來說，我非常感謝他的這份好意。

「可是，如果就這麼允許代理理事長的介入，那些基礎就會受到動搖。雖然這次因為保護點數而得救，但下次學校也允許同樣的事情，我就無可避免地會被退學。」

月城當然也會利用他的立場來使出超乎我預想的招式。

憑半吊子的處理，無法反擊校方的不公正。

總之，意思就是站在跟至今為止相同的立場上是不行的。

『所以你才會來求助於我吧？不對嗎？』

「這次我打給您的目的，不是希望您阻止『月城』。如果對手要使出打破規章的戰略，那我也會配合他採取行動。就結果上來說，學校可能會被捲入騷動。」

『原來如此。換句話說，你打電話來是……』

「嗯，在發生不測事態時當我靠山的人物，將會是不可或缺的。」

我不是想拜託他排除月城，我是在談排除月城時產生的負面影響。

在我用刀子回敬刺來利刃的對手時，我會需要有人願意認同這是正當防衛。

屆時，就一定會需要校方的幫助。

意思就是說，可能變成那種時候的王牌的，就是坂柳理事長。

如果可以排除月城並解除疑慮，他當然就會以理事長的身分回歸。就坂柳理事長來說，為了解除疑慮，有可能成為必要零件的我，應該是值得歡迎的材料。

不過，應該也會有一些令他猶豫能否對小孩寄予期待的地方吧。

消除這點疑慮很重要。

『但你真的能阻止月城嗎？這對一個學生來說實在是……』

「擁有理事長權限的月城確實很棘手。他和學生不一樣，我沒辦法在考試上把他踢下。這點是很大的差異。」

而且，因為平時沒辦法見到他，我連發動攻擊都不被允許。

他是個可以單方面只在要動手時自由行動的cheating存在。

「既然沒辦法由我這方動手，我就先暫時觀察月城的做法。」

『這樣就可以熬過他的攻擊嗎？』

「有好幾個必要的手段。首先，應該必須展開最低限度的防禦網。」

如果月城正在接受那男人的指示，時間上應該沒那麼充裕。

假如慢吞吞地花一兩年才把我逼到退學，那就沒意義了。要一決勝負的話，就要在春假結束的四月。那時的攻防應該會是核心。只要可以撐過那段時期，就算我沒有動手，月城也必然會被逼入絕境。如果他被逼入絕境，就會不得不使出強硬的招式。

「時間限制就是那傢伙唯一的最大弱點。」

我會以萬全的狀態對抗那個時候。

『這些真不讓人覺得是學生對校方人士說出的話呢。一般人聽到的話，就算大發雷霆也不奇怪……但知道你是老師的兒子再聽見這番話，就很不可思議地能夠接受。』

「我對值得尊敬的人物還是會抱著恰當的態度。可是，我不打算輕饒在學生們競爭的地方強行插手的大人。」

坂柳理事長沒有回應，但也像是接受似的隨意聽過。

『你說不會輕饒，但你打算怎麼防止月城的妨礙呢？』

他想詢問拉起防禦網的手段。

該做的事情當然不用說。

為了不輕饒這種不正當行為，我也是除了利用校方人士之外，別無他法。

「首先，可以對抗月城的校方人士是不可或缺的。因為光是加強監視，就可以一口氣讓他的行動受到限制。他會變得無法像這次這樣輕鬆行動。」

不讓對手落得輕鬆，這行為不管在怎樣的勝負上都必須執行，是無可避免的戰略。

沒必要是擁有權力的人，我需要的是有勇氣面對的人物。

『是呀，我也覺得不這麼做會無法開始。』

坂柳理事長好像也理解了自己被我要求什麼。

我不了解校方的狀況——誰能夠信任，誰不能夠信任。

有沒有人即使面對月城這種組織的大人物也能貫徹正義。

我不能拉攏有可能會叛變到月城那方的老師。

坂柳理事長在電話的另一端沉思。

最重要的是人員的挑選將會左右命運——除了坂柳理事長之外，沒有人理解這點。

『你已經知道你的班導——茶柱老師的事情了吧？她是我事先拜託過要照看你的存在。』

「嗯，她對我的狀況好像稍有了解呢。」

『嗯。對於這種缺乏現實感的話題，她會是有相當了解的人物。』

但我能否利用又是另一回事了呢。

「我也認為不能無視了解我狀況的人物。如果能以她為基礎，拉攏可以信任的教師到我這邊，那會再好不過。」

就算說出自己的爸爸為了讓兒子退學，而把坂柳理事長逼下台，而且操作著學校的考試，任何人都不可能相信。但若可以由茶柱說明詳情，狀況就會不一樣。

『既然如此——』

坂柳理事長稍作思考後得出的答案。

『應該還是一年A班的真嶋老師適任吧。他是你們一年級生的考試負責人，而且也比任何人都替學生著想。他是會把孩子們放在第一優先的優秀老師喔。』

「對這種沒現實感的話題，他是個能感受到真實性的人物嗎？」

『不好說呢……我無法想像他能立刻接受，不過，只要他理解這是事實，就一定願意站在學生這方。這點我可以向你保證。他是個不會屈服於權力，而且能貫徹信念的老師。』

如果沒有更適任的人，那我也沒什麼好抱怨的。

倒不如說，身邊有這種老師存在，已經算是很不錯的了。

『他和茶柱老師是同期的這點也值得期待。要聊起來，應該也不會很難。』

「我知道了。真嶋老師對吧？首先，我會先跟茶柱老師談談，再去跟他討論。」

『但事情可不會這麼簡單喔，學校大部分的地方都充滿他人的視線還有監視器。最好謹慎地思考見面的時間與地點呢。』

月城不會整天監視著我。話雖如此，就算對我有一定的提防也不足為奇。如果我跟真嶋老師私下談，月城就無可避免地會對此抱持懷疑。

雖然不知道月城平常都在哪裡，但他可以在一定的程度上自由行動。要是跟我這邊意外撞上，那實在笑不出來。

「如果可以獲得某些建言的話，對我這邊來說會比較好行動。」

我向比任何人都了解高度育成高中，以及理事長這職務的坂柳理事長尋求建議。

『如果你要盡快行動……我想想，畢業典禮結束後，會舉辦三年級生與教師們集合起來的謝師宴。活動上有規定理事長每年都要參加。總之，月城一定也會參加。不論他感不感興趣，應該都會完成職責。』

「如果怠慢了身為理事長的職務，學校的批判也會增強呢。」

『嗯，沒錯。』

就算是為了要隨心所欲的行動，月城都必須扮演一個比坂柳理事長更優秀的男人。

換句話說，這個瞬間他的監視必然會鬆懈。

「一年級的班導是不是也要參加？」

『謝師宴表面上約一小時，但往年都會稍微延長，大約會是九十分鐘。就算兩位老師消失二三十分鐘，也不會產生什麼問題。畢竟離席是正常會發生的事情，而且基本上必須在場的也是三年級的班導。』

適合舉行密會的時機似乎就是畢業典禮後，舉辦謝師宴的時候嗎？

『地點——在會客室應該會比較好。因為會客室沒有監視器，利用那裡可能會是最好的呢。』

也就代表不會留下見過面的明確紀錄。

畢竟也不能請老師們來學生的宿舍呢。

「我對於這個提議沒有異議。」

我贊成以這個方向來安排討論。

『第一步，我會先簡單地聯絡茶柱老師，但是要說到什麼程度，就由你判斷。如果你在這前提下無法說服她，我想就只能請你放棄了。』

「非常足夠了。」

如果是坂柳理事長聯絡的話，茶柱以及將與其討論的真嶋老師也都無法無視。

我在這通電話上可說是得到了最大限度能獲得的協助。

「這麼晚突然打給您，真是失禮了。」

『沒關係——啊，最後我可以問你一個多餘的問題嗎？』

「多餘的問題嗎？」

『你夢想普通的生活，而且願意來到這所學校，老實說我覺得開心。不過，你有大略思考畢業後的事情嗎？像是想要做些什麼，或是前往何處。』

坂柳理事長問我這種事。

「雖然我不知道您了解到什麼程度，但是我的命運已經注定了。」

『……換句話說……』

光是有這個反應就足夠了。

「畢業後，我應該會回到White Room，踏上在那裡擔任指導者的路。畢竟那個男人也只為了這件事才把我養到這麼大呢。」

如果離開了這所學校，任何地方都不會存在保護我的屏障。就算我住在一間便宜的公寓，不管是要夜襲還是做什麼都好，把我帶回White Room應該都不困難。

『你是接受了命運……以此為前提，現在才待在這裡的呢。』

「就因為這樣，我打算徹底守住這三年。」

簡單來說，這就像是叛逆期。

我正在拒絕父親的命令，做自己想做的事。

『希望對你來說，這所學校會變成一生難忘的美好回憶。』

「謝謝，我也有這種打算。」

我結束與坂柳理事長的通話，然後吐了口氣。

儘管也是有不知道要相信他到什麼地步的一面，但至少唯一確定的是他不站在月城那邊。

還有他的女兒是學生，並且與我同年級的這點應該也會是優勢。

4

這就是我跟坂柳理事長昨天的互動。

而現在，我正前往安排好的會客室。

並非要先去哪裡跟人會合。

我抵達了會客室前方。

已經有人來了嗎？還是說，我是最先抵達的呢？

「打擾了。」

敲門後，我踏入會客室，茶柱已經在裡面了。

她就這樣站在窗邊往我看來。

「你真早到呢，綾小路，距離約定時間還有十分鐘以上。」

「我覺得時間太緊迫也不太好，妳好像也很早到呢。」

茶柱對我投以觀察般的眼神，一副挑選著用字遣詞的樣子。

我大致上想像得到，她從坂柳理事長那裡聽說此事時是怎麼想的。

在此形成了沙發空著，雙方卻都不坐下的奇怪狀態。

「真嶋老師呢？」

「我有叫他過來。因為他不能跟我一起離開。不過，你還真是做出一件大膽、果斷的事情呢，綾小路。你不是想過平穩的校園生活嗎？」

在真嶋老師現身為止的期間，我就稍微奉陪一下茶柱的文字遊戲吧。

「妳就是最先打亂這份平穩的人。妳這樣說還真過分呢。」

「不論情況如何，真難想像這是你面對教師的態度。你不打算改一改嗎？」

「明明就是妳先做出教師不該有的行為，這種話對妳來說還真方便啊。」

她不惜威脅區區一名學生，也打算把D班拉到前幾名。我對此懷有不信任感……不對，是強烈地厭惡。

茶柱一臉尷尬地撇開視線。

「這我確實無法否認。」

雖然這也表示在她心中想去A班的想法就是如此強烈。

她已受坂柳理事長信任且拜託，沒辦法公開利用我，不過她應該要更高明地周旋才對。

不對——不論她以什麼方式前來找我都一樣。

我的態度大概不會因為茶柱的說服就軟化。

話雖如此，經過一年，我的狀況也與一開始有了大幅改變。

「你討厭我。不過，為什麼又要叫我過來呢，綾小路？」

她似乎不禁覺得自己被叫來這場集會很不可思議。

她是為了拉攏真嶋老師的棋子，但我的確也可以排除她。

也難怪她會想知道我刻意不這麼做的理由。

「至少我不喜歡妳的這點是很確定的。」

「好像是呢。」

不論我的情緒如何，只要是能利用的狀況，我什麼都得利用。

畢竟好惡以及得失完全是兩碼子事。

正因為我判斷茶柱在場，可以讓我在說服真嶋老師上略占優勢，才會有現在。

「妳聽說了什麼？」

「由我邀請真嶋老師，並且安排這場集會。還有，因為你有重要的事，所以希望我協助你……」

有關月城，她什麼都還沒聽說嗎？

理事長似乎打算全權交給我。

「所以呢？你找我們有什麼事？」

「等真嶋老師來了再說，說兩次也只是多費功夫。」

「我不知道是什麼事，但你要請求我的協助的話，就要有相應的態度吧？」

茶柱似乎因為至今都在打防禦戰，於是像這樣展現出抵抗。

「對於坂柳理事長的指示，基本上身為教師都會遵從，不過也並非絕對就是如此。你懂意思吧？」

「我的態度就這麼讓妳不愉快嗎？」

「沒錯，我很不愉快。就算你在一定的程度上很優秀，但你也還是高一生吧？再說，雖然說是班級間的對抗，可是你在學期末的考試上還是輸給坂柳，嚐到了敗北。你沒有保持我期待的那種犯規實力。」

也就是說，她擅自對於我不是她期待的實力人物感到灰心嗎？

「你有實力的話，有些言行我會睜隻眼閉隻眼，但既然已經判定出你的等級，這就另當別論了。」

如果沒辦法贏過A班坂柳，茶柱的理想就無法實現。

一直被我強調優勢，她似乎沒辦法默不吭聲。

雖然茶柱身為教師，可是這次是脫離她一般職務內容的事情。

根據話題內容而定，她當然可以拒絕。

視情況不同，她應該也有可能會跟隨月城那方。

我一直彰顯自己完全脫離了她的控制之下也會有反效果。

我對於她似乎擁有一定的智慧放下了心，同時也吐了一口氣。

「我了解了，我會改善我的態度，茶柱老師。」

「什麼？」

茶柱很驚訝我爽快地表示肯定。

她應該不覺得我會因為那種程度的抵抗就屈服。

雖然這也是為了能夠連結到待會兒的話題，但我還是留下了自己能被馴服的可能性。

不對，只憑這份可能性的話，茶柱根本就不可能全面信賴我。

她大概會擅自進行想像，認為我在暗中嘲笑她。

我突顯自己這個存在對D班來說會是益處。

「我的想法有點改變了呢。我打算從四月起認真地以A班為目標。」

「這是什麼玩笑話？安排這個場面也是一樣，你到底在想什麼？」

「我是說真的喔，我預計在二年級結束時離開D班和C班的範圍。因為班級點數的差距實在太大，我不能保證在二年級就升上A班……但我認為還是可以穩穩地拿下B班。」

對茶柱來說，這原本是她最期望的事情。

D班升上A班。

過去，這所學校裡任何人都達不到的領域。

「你突然改變想法了呢……但口頭約定之類的東西，要怎麼說都可以。」

「的確。不過，您應該會想把前往A班的車票留在手上吧？」

不論車票本身是真是假，都遠比兩手空空還要好。

「我剛才也說過，你在跟A班的學期末考試上輸掉了。即使是三勝四敗的漂亮戰鬥，但輸了就是輸了。雖說那是很受運氣影響的考試，但我可不打算讓你把這當作藉口。」

她再度強調之前過度抬舉我的這點。

「不論是什麼對手、什麼考試，你都一定會勝利——我曾經對你抱著如此的過度期待。」

她實在是對我抱持著很任性的幻想。

「今天，在待會兒的集會上，您可以看見這件事情的真相喔。」

「可以看見真相……？」

「如果您聽到最後還是無法相信我的實力，那就隨您高興吧。」

「這是怎麼回事——」

茶柱打算追問，此時會客室響起強而有力的敲門聲打斷了她。

「……來了。」

茶柱回應完，真嶋老師就進了會客室。

「似乎已經集合完畢了呢。」

以及——

「兩位好。」

A班的學生——坂柳有栖。

她也跟真嶋老師同行般地現身，是預料之外的訪客。

我不記得自己有找她，也很難想像是真嶋老師約她過來。

「我是A班的人，就算有人看見我跟真嶋老師待在一起也不會造成不便。」

「這點無須多說吧。」坂柳這麼圓場。

「我知道茶柱老師的通知，但她說自己跟這件事也有關聯，所以我就帶她過來了……」

應該是因為坂柳理事長有跟女兒說接到我的電話吧。

謹慎再謹慎。也就是說，他有查證我是否真的是經由女兒聯絡到他。

不過，不知這跟坂柳在這此現身的理由是否有關。

她被奉命要完成什麼職責，或是出自單純的好奇心呢？

十之八九是後者吧。

「沒問題。這也在我的預想之中。」

我把訪客當作值得歡迎的對象接受，並這麼回答。

坂柳輕笑，向我簡單地行禮。

接著完全沒有看向茶柱，就關上了會客室的門。

對於坂柳出現在這個地方，茶柱的理解好像跟不上。

不對，這點真嶋老師應該也一樣。

總之，這樣必要的人物都到齊了。

我必須有意義地利用這段有限的時間呢。

「你好像有話要告訴我呢，綾小路。坂柳理事長特地發通知，加上還在謝師宴做出像是溜出來密會的舉止……事情應該非同小可吧，怎麼回事？」

「我接下來會說明。」

我先請兩名老師就座。

不過，真嶋老師卻先指示坂柳就座。

「那麼，我就恭敬不如從命。」

真嶋老師讓行動不便的坂柳坐下，就這樣雙手抱胸站著。

這應該代表自己要不要坐下，就要視話題內容而定。茶柱也配合了他。

三人的視線集中在我身上。

謝師宴能溜出的時間頂多是二三十分鐘，是一段非常有限的時間。

我打算開門見山地說，但他們究竟可以在哪個時間點理解呢？

因為這個狀況很沒有現實感，甚至並非談過一兩次就能輕易理解。

我決定珍惜這段時間，從月城代理理事長開始說起。

「請你們在忙碌的時間點集合，是因為有一件關於月城代理理事長的重要事情。」

「……關於月城代理理事長的重要事情？你到底在說什麼？」

劈頭就聽到意外話題的真嶋老師，加深了困惑之色。

學生說出這種異常發言，露出這種表情也是理所當然的反應。

茶柱好像也一樣跟不上話題，她朝著破例現身在這個場面的人物坂柳瞥了一眼。坂柳正面接下她的視線，然後無畏地笑著。

——我比你們更了解詳情。

看見這張會讓人感受到她內心愉悅的表情，我覺得這實在很像她的作風。

「他現在正在引起會動搖學校應有狀態，令人無法視而不見的事態。為了收拾這個事態，我想請兩位暗中幫忙。」

「我原本是聽說有重要的事情……妳是在捉弄我嗎，茶柱老師？」

真嶋老師覺得應該不可能，但還是向茶柱尋求說明。

「我不打算捉弄你。你想說我會像星之宮老師那樣做出無謂的行為嗎？」

「是沒錯，但我完全無法理解這個狀況。現在可是謝師宴的途中。」

原本這是一段可以和畢業生們做最後交流的寶貴時間。

他認為沒空聽小孩的妄想，打算一口回絕。

「綾小路打算做什麼？」

「不知道，我就算想說明也沒辦法。就跟我昨天說的一樣，我也只是接到坂柳理事長的指示，並且準備了這個場合。我也一樣在尋求能夠理解的說明。」

兩人對我投以懷疑的眼神。我就繼續說下去吧。

「如果我說——現在坂柳理事長出現不法疑慮，而正在閉門思過之事，以及月城代理理事長來到這所學校的原因都在於我，真嶋老師您會怎麼想？」

「什麼？」

就算我觸及正題，狀況也無法輕易地有所進展。

不僅如此，真嶋老師對我的疑惑還逐漸加深。

「這件事情，我完全無法理解。所謂原因在你身上的意思是？」

他當然會有這種反應。

學校的機制本身受到個人的在學、退學擺布——這種事根本不存在於他腦中的任何角落。

似乎還是應該先提到學年末考試的內容。

「我會從原委開始說明——」

坂柳在我打算提及學年末考試的事情時舉起了手。

「雖然很冒昧，但如果說出一切也沒關係的話，那可以由我來說嗎？」

坂柳預期到這種狀況似的如此提議。

「妳說妳也了解狀況，是吧，坂柳？」

「對，至少我有自信比老師們更熟知狀況。」

坂柳馬上就採取行動。她可能是預估比起當事人來說，讓知道狀況的人發言，周圍才會理解得比較快。我輕輕點頭，坂柳就看向真嶋老師。

「意思就是說，妳是從坂柳理事長那裡聽說的嗎？」

「不，只是我個人知道而已。我跟綾小路同學——我想想，如果要說得淺顯易懂，我們的關係就類似是青梅竹馬呢。」

坂柳開心地這麼說明。原本覺得這種說法不知會帶來什麼後果，但對老師來說，他們好像顯得很意外與吃驚。

「青梅竹馬……你們居然是這種關係啊。」

坂柳對於說出這項事實的茶柱補充：

「雖然只是『類似』是這種關係。總之，我先做一次說明吧。」

坂柳先把青梅竹馬的話題告個段落，然後就開始說明。

「上次舉行的學年末考試，我跟綾小路同學作為指揮塔戰鬥，我想你們都還記憶猶新。而最後的西洋棋上因為是我獲勝，所以定出了勝負。」

這就是學校知道的結果、真相。

「這又怎麼了嗎？」

這件事真嶋老師和茶柱當然都毫無懷疑。

「假如——當時的勝負有人從旁干涉呢？然後，如果輸贏因此改變，帶給結果重大影響的話呢？你們不覺得這是非常嚴重的問題嗎？」

「考試嚴守公正地舉行，這不可能會有問題。」

「您是以什麼為根據說出有嚴守公正呢？那場考試上，兩位在都不在場吧？」

由於班導會被排除在自己負責的班級之外，在場的茶柱與真嶋老師，當初是負責一之瀨的班級以及龍園的班級——也就代表他們沒有看著我們的考試。

「原本的話，西洋棋比賽是我輸了，是綾小路同學獲勝喲。」

「西洋棋是綾小路獲勝？不對，但我有看過結果。當然，過程也看過了。」

先抓著這件事不放的不是真嶋老師，而是茶柱。

D班因為西洋棋上的敗北再度跌落D班，所以就算她會好奇也是理所當然。

「您還不懂嗎？」

坂柳以這種試探老師們的說法，詢問真嶋老師與茶柱。

「妳在說什麼？難道妳是說月城代理理事長推翻了西洋棋的結果？坂上老師和星之宮老師考試過後都有跟我們開會，沒有指出任何問題點。」

「他不是推翻結果，是改變過程。如果被常識的框架限制住，就會看不見真相。考試的機制上，指揮塔送出的指示不會直接傳給學生，而會受到一次校方的審查，再透過對講機通知。這在防止不公正的意義上是合理的系統，但反過來說，也會允許校方自由改變指示。」

「說到這種程度，你們了解了嗎？」坂柳一點一點地讓兩人理解。

真嶋老師的腦海，如今才第一次閃過有關月城代理理事長與考試的某個疑問。

「利用大規模設備考試，對老師們來說也是個特例才對。這也是當然的吧？因為那是月城代理理事長為了不正當地介入考試，而匆忙準備的。」

坂柳也恰到好處地參雜了謊言與虛張聲勢。

因為這件事月城計劃到什麼程度，細節只有月城本人才知道。

她不確認事實，憑著猜測，圖自己方便地解釋，說得好像這就是真相。

這段發言很流暢，老師們應該會覺得聽起來就像是事實。

而且她刻不容緩地說個不停，所以真嶋老師和茶柱都因為資訊過多而無法徹底消化，就這樣讓坂柳繼續說下去。他們的腦袋會不禁先把這些當作真相開始處理。

「他最後輸入的那步棋，與實際傳到堀北同學那裡的語音——也就是經由機械讀出的那一手內容是不一樣。如果綾小路同學想到的那一步有被採用，輸掉的人就會是我。你們能理解這件事情的意義嗎？」

坂柳試探他們的處理能力似的微笑。

「這一點事情，你們應該懂吧？」她將答案強制集中為一個。

「妳是說月城代理理事長——暗中做了安排？」

「因為對那個企圖讓人退學的人來說，綾小路同學擁有的保護點數很礙事。」

兩名教師都陷入了沉默。

不過，真嶋老師立刻出聲：

「坂柳說得沒錯嗎，綾小路？」

「對，符合事實。」

「我就認同你們兩位異口同聲地申訴，具有一定的可信度吧。因為我這一年作為班導，也認為自己很了解坂柳的性格與想法。假如她想要刻意讓綾小路獲勝，那她只要隨意放棄包含西洋棋

在內的考試就好了。抱著降低自身評價的覺悟抬舉綾小路是沒有好處的。」

Ａ班領袖坂柳不惜說謊承認自己的敗北，並無好處。

就如真嶋老師所說的，假如她因為私人理由打算讓我贏，不管是要花光時間或什麼都好，將勝利確實讓出的方式要多少有多少。

沒必要特地安排這種場面，說出可信度令人懷疑的事情。

「可是——雖然看得見來龍去脈，但旁人也完全無從確認真實與否，對吧？」

對於坂柳就算被嘲笑也不足為怪，而且可以被當作是胡言亂語的發言，茶柱這麼回應。

「這件事一時之間真教人難以置信……真嶋老師，你怎麼想？」

茶柱一臉嚴肅地向聽著這些事的真嶋尋求意見。

「什麼怎麼想，憑目前的材料，這實在無法讓人接受。」

在真嶋老師快要往後退一步時，茶柱阻止了。

「就我個人的意見，我認為他們兩人的話含有一定的真相。自從月城代理理事長來這裡之後，學校整體的樣子實在很奇怪。」

「假如是因為單純不喜歡月城代理理事長之類的私人情感，根本就不值得考慮。或者，這也等於是妳盲目地想要相信自己班級的勝利。」

真嶋老師對站在學生方的茶柱拋出嚴厲的發言。

然後也立刻對身為學生的我們說：

「你們應該都能出示證據吧？」

「就算說——我們是直接從月城代理理事長那裡聽說不法行為，真嶋老師也不會相信吧？」

「……當然。」

暗中進行不法行為的人，不可能將自己的行為暴露出來。

就算說了那些，顯然也不會打動他。

「說實話，我無法想像會有月城代理理事長那種人物不惜動作，也打算逼對方退學的小孩。」

「我想也是。」

「我必非想懷疑學生。我也不認為你們會蠢到不知道在這種事上說謊也沒好處，但你們缺乏根據、證據。」

雖然很想相信，但如果沒有足以讓他相信的來源，真嶋老師應該不會接受。

「你是什麼人，綾小路？告訴我這點吧。」

真嶋老師會拋出這個疑問，也只是時間的問題。

讓坂柳理事長因為瀆職疑慮受到閉門反省，並且送來了月城這號人物。

而那個月城，就只是為了讓我退學而行動。不惜對重要的考試做出不法干涉，都打算執行這

件事——所以真嶋老師會抱持疑問也是必然。

我該親口說明，還是該交給別人呢？

我不回答，真嶋老師便將目光投向茶柱。

「你知道綾小路的事情嗎？」

「……老實說，我也只知道毛皮。」

真嶋老師詢問剛才說我們的發言含有一定真相的茶柱。

她對我投以觀察般的眼神，但我事不關己地隨意帶過。

就算茶柱所知的些微資訊在這裡被揭露出來，我也不會有任何壞處。

「我看過綾小路入學筆試的結果，是全科都是五十分的奇怪成績。」

「全科五十分……總之，意思是故意考同分嗎？」

「只要調查的話，真嶋老師你也會知道吧。」

「呵呵，你還真是做出了很有意思的事情呢。」

「但光這樣也算不上什麼證明。按照常理來想，為了入學不會有學生放水，但只要有一定的學力，要考到分數幾乎均等也不困難吧？事實上，本校入學題目的配分方式就非常單純。」

「還有——綾小路入學時，坂柳理事長只告訴我，他是很特別的學生。」

「坂柳理事長告訴妳的……？這就是妳出現在這裡的理由嗎？」

茶柱點頭，並說出當時的事。

「因為我被他拜託作為班導，在綾小路行為不當時向他報告。在那裡的綾小路清隆，他的父親是非常具權威的人物，而他不希望兒子入學這所學校。據說是因為坂柳理事長的處置，才半強硬地准許入學。」

「沒有取得監護人的許可就同意入學嗎？坂柳理事長也真是做了一件強硬的事情呢。」

如果是一般小孩，要有父母的許可才可能升學高中。

雖然脫離了義務教育，但世上沒有天真到可以讓小孩子恣意妄為。

「我的父親與綾小路同學見過面。應該就是因為這樣，他才會擔心綾小路同學的遭遇，並且採取行動吧。不過，如今這也漸漸變成一個問題。因為月城代理理事長這號人物接近，他讓我父親因為捏造的不法疑慮而被罰閉門思過，還打算讓綾小路同學退學。」

這對真嶋老師來說，是最令他在意的部分吧。

「父親反對兒子硬要升學，並且把月城代理理事長送進來嗎……」

「就算不做這種事，只要直接向校方抗議也可以解決。」

如果是半吊子的權威，這件事情實在不可能。

「他的父親已經接觸過綾小路與坂柳理事長了。」

「總之，可以當作是你本身也已經受到監護人告知要退學，對吧？」

「是的。就如茶柱老師說的那樣，我和坂柳理事長和父親曾在這間會客室面談過。您只要調閱走廊設置的監視器影像，就可以確認事實。」

「在這個前提下還留著綾小路，就代表著包括理事長，都拒絕退學這件事嗎？」

「沒錯。」

真嶋老師做確認，茶柱便點了點頭。

「坂柳理事長尊重學生的意思。雖然因此暫時平息了下來……但我根本就沒想到月城代理理事長是只為了讓綾小路退學而送進來的人。」

對於如此回顧的茶柱，坂柳也表示同意。

「這也理所當然，因為茶柱老師您什麼都不知道。」

「妳好像還滿清楚的呢。」

「嗯，我遠比茶柱老師還了解綾小路同學喲。」

坂柳很不必要地彰顯了自己的優勢。

「不在預定安排上的我出現在這裡，光是看到他沒有拒絕就一目了然吧？」

坂柳只提出了不由分說的事實，就驕傲地笑了出來。

「我終於也可以看見這件事情的全貌了。至少爸爸打算帶回兒子，這點似乎是真的。」

真嶋老師已大致理解情況，但仍未對此情勢表示認同。

「可是……雖然我不知道綾小路的父親有多具權威，但為什麼要不惜用這種做法也打算讓綾小路退學呢？這點還欠缺真實感。」

「因為綾小路同學這個人，擁有其他凡夫俗子所沒有的優秀本事。」

「我看過上次綾小路在選拔項目考試上的結果。關於快速心算，還有西洋棋的本領，他無疑有相當程度，但優秀的學生比比皆是，應該不值得特別看待。」

「真嶋老師，我不會否定您打算讓自己接受，而正在進行摸索。不過，您應該是時候理解現在發生的事情了吧？我的父親從入學前就很留意他，而月城代理理事長則是不惜做出不法行為也打算讓他退學。這既是現實，也是唯一的真相。」

真嶋老師雙手抱胸，閉上雙眼。

「真嶋老師您心裡應該也已經得出了結論。證據之類的東西，您接下來再找就好了。」

他稍作沉默後，便睜眼看了我和坂柳以及茶柱。

「我想想……從不喜歡兒子違背意思升學，到設法讓他退學為止，我就相信吧，但我還是沒打算乖乖合作。你們應該了解理由吧？」

真嶋老師也很清楚我們只說出了表面上的狀況。

「你們應該沒打算說出一切吧？」

他整理這次的事情，似乎感受到其中有不願讓社會了解的狀況。

如果他做不到這點深入解讀，就我的立場來說也很傷腦筋。

「是啊。那是說了也無可奈何……不對，是說了也沒意義的事情呢。」

從頭解釋White Room，應該也會超出大人的理解範圍。

就常識思考的話，那個男人很明顯在做著奇怪的事情。

再說，就算在這裡說明White Room也無法抵達真相。

因為很確定那些事會在徹底的安排之後被掩蓋掉。

既然這樣，就不必走那種沒意義的階段。

「假如我拒絕幫忙，你們打算怎麼辦？」

「我沒打算忍氣吞聲，不過對於對應月城代理理事長，我應該會很傷腦筋。如果是校方，不管是考試還是什麼都好，要做出不法行為應該都很簡單吧？事實上，學校在項目選拔考試上也允許了這種事。」

這種做法幾乎不可能憑學生阻止。

接下來就只看真嶋老師是不是能對此置之不理的人。

「你打算試探我嗎，綾小路……好吧，今後舉行的特別考試或筆試，我都會妥善處理，不會允許月城代理理事長不法干涉。」

討論中，真嶋老師終於說要站在我們這方了。

「真嶋老師，你應該知道這不是一件簡單的事情吧？」

茶柱對於接受的真嶋老師提出忠告。

「就算有不法行為是事實，弄個不好的話，我們也可能會被開除。」

我也知道茶柱會想要這麼說的心情。

反抗月城，也代表會威脅到教師的生涯。

他實在不是一個憑半吊子的正義感就能對抗的對手。

「我還沒有完全相信，但如果綾小路他們說的是真相，可是件嚴重的事情。校方非法變更考試內容或結果不可能沒問題。既然要做，就要徹底執行。」

「不過，真嶋老師，你現在最好不要牽扯上太棘手的事情。你今天早上才因為在選拔項目考試上違規而被宣告減薪吧？」

坂柳似乎覺得這發言很有意思，而緊咬了上來。

「因為違規而減薪？您做了什麼呢？」

「這不是可以告訴你們的事情。」

「是因為違反了D班和B班的考試內容嗎？我們遲早都會聽說詳情。再說，如果這跟剛才說的月城代理理事長的不法疑慮有關，有疑慮的要素就必須在這個階段先說出來。這在之後可能會變成問題喲。」

「那跟這次的事情毫無關聯。」

茶柱替不打算說出來的真嶋老師出聲：

「由我來講吧。B班對上D班的選拔項目考試，最後的項目上是D班的柔道被選中，參賽學生是山田阿爾伯特。B班的一之瀨在那個時間點就喪失鬥志，選不出應該出場的學生。」

「如果對手是山田同學，那也難怪呢，大概沒有一年級生能在柔道上贏過他。」

「一之瀨當然也有決定好要在柔道上讓什麼學生上場吧。可是，如果就那樣隨機選出學生，你們覺得會變得怎麼樣？任何人應該都察覺得到會變成不測的事態。」

萬一時間耗盡，沒參加的學生就會被選上。

不只是男生，連女生也不例外。

「如果可以乾脆地輸掉倒還好，但因為他們是很替夥伴著想的B班呢。為了一之瀨同學，被選到的學生有可能還是會全力應戰。」

不論對手是誰，阿爾伯特都會盡全力打趴對方，這也十分可以想像。

這麼一來，就可能演變成重大的事故。

「所以真嶋老師才會以自己的判斷做出不戰而敗的判決。月城代理理事長應該很不喜歡這點。」

因為這樣而受到扣薪處分嗎？說是違規，確實也是違規。

「那件事和這次的事情一樣。如果我判斷對學生危險，就會阻止。如果有不法，就會矯正。我們不遵守老師要教導學生的事情，那怎麼行呢？」

如果是為了這樣，就算會動搖自己的去留，他也不會後悔。

「看來我阻止不了你呢。」

「我當老師向來都做好了覺悟。」

光說很簡單，但真嶋老師似乎是個可以說到做到的卓越人才。

「既然你……不，既然真嶋老師的決定這麼堅定，我也無話可說。」

「意思是說暫且算談妥了，對吧？」

坂柳對我搭話，而我也點頭回應。

茶柱好像判斷繼續說服真嶋老師也沒意義，於是就罷手了。

「真嶋老師都點頭了，那我也會幫忙。沒關係吧，綾小路？」

「我們的陣營盡量多一個人，也是值得歡迎的事情。」

「這個話題就先在這邊打住，絕對不能外傳，沒問題吧？」

「當然。」

因為真嶋老師和茶柱都沒有實際看見月城的不法疑慮。

如果被算入其中的老師增加，相對地也會連結到資訊外流。

假如被發現我們打算揭穿不法而行動，月城當然會加強戒心。

「我也暫且打算站在綾小路同學這邊。」

「坂柳，就算說是因為妳知道綾小路的狀況，但是妳對他另眼相待，可會是個問題。」

「您在說什麼呢？我對他另眼相待是理所當然——不對，這可是我的權利。」

他從正面反駁真嶋。

「……妳說是權利？」

「沒錯。雖然說制度上是要按照班級來競爭，但當然也會交織各式各樣的狀況。像是為了別班的朋友或戀人背叛的學生、因為點數而互相合作的關係，或者是威脅。也有可能憑著一股情感，就產生出超越班級隔閡的合作關係。這所學校不是一向都這樣嗎？不對，就算從整體社會來看也一樣吧？不是嗎？」

坂柳主張任何人都會有另眼相待的對象，而他無權阻止這點。

「就算我對整個A班都見死不救，只救綾小路同學一人，我也沒理由受到老師的責難呢。可以恨我的人，就只有成為犧牲者的學生們。」

真嶋老師大概對坂柳的話感到很不滿，但他沒有反駁。

「但——另眼相待是否一定會受到他的歡迎，又是另一回事了。」

「這話是什麼意思？」

「也就是說，我直到排除代理理事長為止都會靜觀其變，但之後就另當別論了。再說，要是D班對A班來說變成妨礙，我隨時都會毫不留情地擊潰他們。」

「是嗎？那就好。」

真嶋老師接受了抱著堅定意志面對此事的坂柳。

「我要先再次確認，你們沒有任何證據顯示月城代理理事長的不法行為，對吧？」

「應該都已經被抹除了吧，我認為現在開始刺探也沒意義。」

他不會做出特地留下證據的愚蠢行為。

「既然這樣，還是只能等他下一次的出招了呢。」

升上二年級之後的考試，老師比我們更有深入的了解。

思考月城會如何出招，就交給真嶋老師他們吧。

「差不多要超過三十分鐘了，我們不能就這樣一直溜出謝師宴。你們兩個學生先出去，我們待會兒再各別離開會客室。」

「我知道了。」

我和坂柳同時從會客室離開，前往走廊。

兩人邁出步伐。

「真是果斷的判斷，把真嶋老師拉攏成夥伴會是很大的加分呢。如果是一年級生的統籌角

色，他也會比任何人都有辦法接近月城代理理事長。」

「嗯。就算不能完全防住，能成為一股阻止力量就很有效果了。」

「正義感太強，也會讓人有點擔心。這算是一種負面評價呢。」

「是啊。他很可靠，但在另一面也可能會扯後腿。」

「如果栽得太深，真嶋老師就會毫不留情地被開除。不過，如果他是個會那樣的人，應該也只是早晚的問題。」

坂柳這麼說著的那張側臉，看起來非常幸福。

「妳好像很開心。」

「開心啊，綾小路同學，你不覺得開心嗎？」

「不知道耶，因為就我看來，這是件麻煩事。妳會來到這裡是——」

「對，因為這件事感覺很開心。造成你的困擾了嗎？」

坂柳立刻這麼承認。

「不。因為妳過來，所以提高對真嶋老師的說服力。我很感謝妳。」

「這真是太好了。」

坂柳對著我笑。

「再說，我可不能因為校方的不法行為，而讓勝負多次被打擾呢。」

坂柳對於月城做出的不法行為感到強烈憤慨。

她應該會徹底一戰，往排除他的方向採取行動。

「現在敵人正在大意，我們應該要盡早做出了結。」

從月城的角度來看，我們只不過是高中生。他不覺得我們能做到什麼，因此不會把我們放在眼裡。

我們就會有機可乘。

「綾小路同學，現在就請你盡力排除月城代理理事長了喲。」

「那麼就容我不客氣地這麼做吧。」

我應該不必衡量她能不能信任。

跟她來往至今，我想我非常了解坂柳的性格。

5

兩名學生離開之後。

真嶋對茶柱拋出了率直的意見。

「還是有些地方超出了我的理解範圍。」

「這點我也一樣，真嶋老師。不過，綾小路說的實際上應該就是真相了。」

「只為了一名學生，連學校的機制都要修正嗎？」

真嶋嘆道：「不管周圍再怎麼催促表示這就是現實，這也不是一件能輕易理解的事。」

「茶柱老師妳實際看了綾小路的一年，妳怎麼想？」

「這個問題很困難。」

他們不能長時間待著，於是在綾小路與坂柳離開大約一分鐘之後也離開了會客室。

「乍看之下很沒有朝氣，對事情也滿不在乎。是什麼地方都可能會有的不起眼普通學生。」

負責帶其他班級的老師，應該也抱著類似的印象。

實際上給人印象稀薄。是名字和長相可以勉強對上的存在。

「但他那種面對大人也不會動搖、彷彿看透一切的眼神，實在不像是小孩所擁有的。」

「雖然我現在還是半信半疑。」

「的確。但如果要說他只是高一生，那也就到此為止了。」

「即使當上老師才幾年而已，但我在這間學校還是見過各種學生。要說這幾年的話，似乎就是堀北學和南雲雅帶給人出類拔萃的優秀印象。」

「這我也不否定。」

兩人都是學力、身體能力皆優秀，在學年中首屈一指，而且還擁有罕見的領袖氣質。

「今年的一年級生們，目前都給人不及那兩人的印象。當然，如果只是部分能力的話，還是有學生足以匹敵，但並非一切。綜合來看，妳認為綾小路擁有多少能力？」

「這對今後會有什麼影響嗎？」

「沒有，不會有。不論綾小路是何種程度的學生，我都不打算容許月城代理理事長恣意妄為。單純是我好奇。」

「好奇……你還真是使用了很難得的表達方式呢，真嶋老師。但是，我也處在探查的階段。」

茶柱也是其中一個非常想了解綾小路的人物。

實際的狀況是她想回答也回答不了。

「我們還真是被提出了一個棘手的問題啊。」

真嶋傻眼地雙手抱胸。

「所謂的教師，本來就是站在與學生保持恰當距離的管理立場。建立起奇怪的關係不會是個好辦法。」

「為此，我們必須盡早排除月城代理理事長。」

「排除之後──就會結束了嗎？」

「這是什麼意思？」

「揭露不法行為後，不保證之後就不會送來其他刺客吧？這麼一來，就會從綾小路個人的問題開始延燒，然後再帶給整個年級……視情況而定，甚至會帶給全校負面影響。」

真嶋說這才教人不安。

話雖如此，真嶋當然不會做出捨棄一名學生的舉止。

「我怕今後會演變成陷入泥沼般的發展。」

「是啊。」

這麼一來，就會出現無法受到正當評價的學生。

這對教師來說，是絕對必須防止的事情。

「但願我的預感不要成真。」

兩名教師想像今後等著他們的發展，並祈禱這會是杞人憂天。

6

結束和老師與坂柳的討論，打發完時間之後，我來到了體育館旁邊。

不久之後，結束謝師宴的三年級生們就會出來。

簡單來說就是處在等待他們出來的狀態。

一年級和二年級都隨著時間迫近，而顯得更緊張。

聽說三年級生也有人在這場畢業典禮結束後的今天，馬上就要離開學校。

其中或許也有學生會說出至今都無法傳達的種種想法。

這裡全部大概有幾個人呢？即使是目光所及的範圍，也有將近一百人。

然後，在距離這群人的稍遠處，也有一個我認識的身影。

「妳果然來了啊。」

我對站在等候人群中的堀北搭話，然後被她瞪了回來。

「……幹嘛，不行喔？」

「沒有不行，倒不如說，我甚至有點對妳刮目相看了。」

「刮目相看？這話真讓人搞不太懂意思呢。」

「我覺得如果妳還是像以前那樣，應該會無法來到這裡。」

堀北有點不服氣地聽著我給她的這種稱讚。

「是嗎？我就是我，什麼都沒有改變。」

她否定自己的成長，否定重新檢視自己。

不對，與其說是否定，似乎只是無法在別人面前坦率地承認嗎？

體育館裡的謝師宴好像結束了，那扇門終於敞開。

畢業典禮正式宣告了完全的結束。

留給畢業生、在校生正式的最後交流場合，只有這個瞬間。

三年級生被宣布解散，從裡面魚貫而出。

那些身影多數表情明朗，但也有部分學生的臉上沒有笑容。

這是因為要離開這所學校的寂寞，還是無法在A班畢業的關係呢？

不過，如果是後者，大部分學生的樣子都沒有很低落就奇怪了。

雖然我只瞥了一眼，但A班以外的學生，表情也都含有喜悅的情緒。

「妳怎麼認為？」

我詢問堀北對這片情景的感想。

「應該是因為就算無法實現走上通往夢想的捷徑，也可以憑自己的力量開創出來。不管是升學還是就業，只要有實力，即使沒有特權之類的東西，大部分也都是可以實現的事情。」

人生的道路今後也會不停歇地走下去。

意思就是說，多數學生都會面對現實，決定接下來要前進的路線，然後一直走下去。

在這種意義上，就算正大光明地度過這個重大場合，也沒什麼不可思議的。

雖然其中也有學生不和任何人有瓜葛，一溜煙就回去宿舍，但大部分的人都會停下腳步。
總覺得可以在這裡看見他們在三年間留下的爪痕……不對，應該說是痕跡。
剩下的畢業生那裡，也出現了擔任過學生會長的堀北學的身影。
還沒有任何人跑上前的現在正是好機會。
只要人群聚集起來的話，就會沒有堀北擠過去的餘地。
堀北在心裡盼望著這個時刻，但她還是一步也無法動彈。
「妳過去就好了。」
「這個我知道。」
這件事情用不著我來說。她為了和哥哥說話，而一直在這裡等著。
可是，一旦時候到來，身體卻動不了。
在她猶豫的期間，靠近堀北哥哥的學生一個接著一個增加。
我判斷就算等待也不會有進展，便祭出強硬的手段。
我推了猶豫要不要走向前的堀北的背部。
「欸、欸！」
「去利用妳身為妹妹的特權吧。」
我這麼催促堀北，她卻固執地站穩腳步，不打算往前走。

「……我現在跑去哥哥身邊，會非常不自然。」

「妳就算混進去也不會不自然啦。」

「我很不自然，是個雜質。」

堀北鄙視自己似的這麼評價。

這和上次的陷阱——堀北親手下廚做菜，彷彿有某處疊合在一起般，讓我想起了剛入學時的事情。

她凝視無法觸及的遙遠存在，以這種眼神看著在一年級生面前演講的堀北學。

細微的部分有了成長，但核心還是有相同之處。

就算累積許多經驗並有所長進，有些地方還是很難吧。

雖然好像是因為她又露出了膽怯的表情才讓我這麼想……

「但是你不要誤會，我不是單純感到膽怯。我是想看哥哥的這三年……想看他度過了怎樣的三年，才會來到這裡。」

「原來是這樣啊。」

她覺得上前搭話不代表一切。

這也不是一件壞事。

堀北哥哥的身邊，又有幾個二年級生跑了過去。

「妳哥哥還滿受歡迎的耶。」

他是一直身為學生會長，以及A班學生的男人，當然會很有人望。我一直以為他跟一年級生沒有交集，但還是出乎意料地有不少一年級生跑了過去。

不久之後，小小一圈人開始擴大，漸漸地也混入了畢業生。

她哥哥有時候會露出淺淺的笑容，以柔和的態度對待學弟妹們。

該說是我在最後一刻看見了他有點不一樣的表情嗎？

可以看見他從沉重壓力中被釋放的氛圍。

堀北像是要把哥哥這副模樣烙印在眼裡，而捨不得眨眼地看著。

然後——一名男學生現身在她哥哥身旁。

他是現任學生會長，二年A班的南雲雅。

副會長桐山、書記溝脇以及殿河、朝比奈也緊接著南雲現身。

場面沒有變得沉重，而是轉為一股獨特的氛圍。

「恭喜畢業，堀北學長。」

南雲坦率地拋出稱讚，掛著笑容接近堀北哥哥。

堀北哥哥迎接了南雲，沒有排斥這樣的他。

「真是的，真不愧是你耶，堀北學長。結果我還是沒辦法威脅到你。」

「並非如此。老實說，直到最後一刻，我也不知道會怎麼發展。要說你有什麼敗因的話，就是跟我的年級不同。不管你想如何深入干涉，到頭來也只是外野。」

不管怎麼期望戰鬥，唯有年級的差異無法跨越。

既然不能直接參加考試，他能做的也會極為受限。

假如只考慮要認真踢下他的話，也是有像龍園那樣在場外打群架的方法。

不過，可料想南雲不會採取這種手段。

「是啊，啊——我怎麼會比你晚一年出生呢？」

他的態度裡沒有不滿，倒不如說只能判斷出他很遺憾彼此不是同個年級。

「雖然對象是我這種人，不過最後能請你和我握個手嗎？」

「當然，我沒有任何理由拒絕。」

堀北哥哥也欣然答應，兩人握起了手。

暫時流逝了一段愉快的沉默。

他們彼此都是學生會長，或許很多東西即使沒有交談也可以互相理解。

「今後還有漫長的一年等著你，去過一段能讓你心滿意足的校園生活吧。」

學長的建議——不含擔心南雲失控的內容。

倒不如說，他還鼓勵南雲做喜歡做的事。

「嗯，學長不在之後的短暫期間，我會盡力去做。我會把這裡變成真正的實力主義學校，因為我都已經準備就緒了呢。」

堀北哥哥正面接受這番發言，並點了點頭。

「你遺憾自己的年紀比較小，但我或許也有相似的心情。有點遺憾不能看見你打造的學校。可以在眼前看著的話，有些事情應該也會更能理解。」

「不知道耶，我想只有這點，我和前輩你是沒辦法相容的喔。」

打算遵守學校傳統與規則的人，與打算破壞那些事情的人。

既然各自的想法南轅北轍，對立就會無可避免。

「再說，沒關係喔，不是還有堀北學長留下來的學弟妹嗎？」

南雲說完，就看向在稍遠處守著狀況的我——不對，是定睛看著堀北的妹妹。

雖然只有一點點，但我知道站在我隔壁的堀北繃緊了身體。

「有你妹在的話，之後還是能請她好好轉述給你。」

畢業之後，若是兄妹的話，遲早都會再次相見。

到時再聽聽我的事吧——意思好像是這樣。

「可能吧。」

堀北哥哥表示同意，他與南雲強而有力握住的手就漸漸分開。

「謝謝你。」

「我才要謝謝你。」

前學生會長堀北學，以及現任學生會長南雲雅。

最後的最後，雙方意外地以平穩的氛圍落幕。

南雲似乎不打算妨礙其他學生，立刻與堀北哥哥保持了距離。因為雖然學生會長們之間的組合很華麗且醒目，但反過來說，也會有些讓人難以靠近的一面。

這樣的南雲朝著一直保持距離看著的堀北靠過來。

同樣是二年A班學生的朝比奈薺也和他待在一起。其他感覺是學生會成員的學生好像要見其他畢業生，因此消失了蹤影。

「妳有聽見吧？明年妳就好好地享受吧。我記得妳的名字是——」

「堀北……不對，我叫作鈴音。」

堀北的聲音帶有緊張感。

若是平時的堀北，她可能就不會動搖，但這似乎是剛聽完他和哥哥的對話之後的影響。

南雲好像很享受她這副模樣似的回過一次頭。

在他視線前方捕捉的，當然就是前學生會長堀北學。

那是他不顧風險，不斷挑戰的對手。

現在正在被學弟妹們簇擁，被遞上畢業花束之類。

「鈴音，妳哥是個不得了的人物。妳可以很單純地為你們是兄妹感到自豪。」

他這麼誇獎後，便再度把視線移回堀北鈴音身上。

「是的，我很引以為榮。」

堀北對著他投回的視線強而有力地回答。

「妳有什麼想問我的，我都可以回答妳，因為我今天心情很好呢。」

「……那麼，我就不客氣地提問了。」

這樣的堀北對南雲拋出一個疑問。

「您不會感到懊悔嗎？」

「懊悔？」

「因為南雲學生會長你的眼神裡沒有任何陰霾。」

她應該是指剛才兩人握手，還有對話的事情。

南雲看來打從心裡稱讚堀北學在A班畢業。

不過，外界所見的學生會長們之間的關係卻不一樣。

南雲死纏爛打地對堀北學挑起戰鬥，以讓他從A班降級為目標。

堀北妹妹當然不會對於這樣的南雲感到愉快。

就是因為這樣，南雲才會坦率地稱讚堀北學在A班畢業的這件事。

即使自己挑起的戰鬥被他防禦下來。

「我不覺得自己能輕易贏過堀北學長。他是不可能戰勝的對手，對吧？」

「這……是沒錯。」

「雅也承認自己完全輸給了堀北學長呢。」

南雲的眼神輕輕掃過前來插嘴的朝比奈。

「輸？妳是以什麼為根據，說我輸掉的呢，薺？」

「咦？堀北學長不是在A班畢業了嗎？這樣不就輸了嗎？」

「這件事應該不需要特地反問。」朝比奈回答。

面對說出這種話的她，南雲立刻指出這是不對的。

「只看結果的話，我確實容許了學長在A班畢業。不過，妳說這跟輸了有關聯嗎？」

「我覺得……這就是敗北啦，對吧？」

朝比奈對於站在一旁的堀北尋求同意。

堀北不做回答，而是傾聽南雲的說詞。

「我確實挑起了比賽。不過，我不是在追求輸贏。就算堀北學長掉下B班，他根本的評價也不會有任何改變。因為那個人的強大與厲害，不是靠班級怎麼樣之類的就測得出來的東西呢。」

朝比奈好像有點無法接受南雲的說詞。

「不懂嗎？既然這樣，我有因為這次的事情，而降低了什麼評價嗎？我在這所學校擔任學生會長，又一直待在A班的寶座上。哪裡有敗北的要素？」

「哎呀——可是啊——」

「說到底，如果是二年級和三年級的話，根本就不可能成立像樣的比賽。」

我也不是不懂他想說的。

不過，就算知道不會成立像樣的比賽，南雲依然不斷地挑戰堀北哥哥。

「我只是為了得到認可……不對，是為了讓他認可我，所以才會直到今天都對學長做出進攻般的行為喔。」

這種意義上，只就今天的堀北哥哥來看，他應該是認可了南雲。

不對，可以想像他原本就對南雲的實力本身有不錯的評價。

他只是無法接受做法。

雖然南雲恐怕包含那些做法在內都想讓他認同。

「總覺得，這種發言就像是戀愛中的少女。」

「可能吧。我大概聽說了學長畢業後要做什麼，我只要追尋他就好。」

南雲的表情上，真的看不見那種不甘心或不服輸的情緒。

純粹是直到最後一刻都很享受跟堀北哥哥之間的互動。

「你說畢業後也要追隨他，是認真的嗎？你連以後要走的路都要配合堀北學長？」

「至少現在的我有這個打算。」

「哎呀——你真的很喜歡堀北學長呢。」

「二年級裡已經沒有我的敵人，一年級之中當然也沒有。總之，我在這所學校裡該做的事情，只剩下一個。那就是插手去干涉學校的機制本身，把無趣變得有趣。」

南雲雅當上學生會長，已經就要超過一半的任期。

不過，直到今天都不曾有過什麼讓人耳目一新的動作。

等堀北學畢業後，自己當上三年級生，他才終於可以開始行動。

雖然我現在還沒辦法想像那會變成怎樣的結果。

「話說回來，這一年我還是不太了解你的評價呢，綾小路。」

南雲現在才把目光看向我。

那跟看著堀北兄妹的眼神不一樣，實在就是覺得「無趣」的眼神。

「意思就是說，這根本不需要審定。」

南雲應該也有點在意我受到注目的事情。

可是，光憑那份異樣感，似乎不至於讓他提起興趣。

如果他能這樣維持下去，現在我完全沒必要刺激他。

「不過，到了四月，你們就算不情願也都會知道。如果變成真正的實力主義，即使不願意也只能一戰。」

因為堀北哥哥等三年級生畢業後，學校就會完全處在南雲的支配下。

雖然說是學生會，但他們能對學校帶來多少影響力也很讓人懷疑，不過看見南雲的自信，到時似乎無疑跟第一年度的時候會是不同的內容。

「意思就是說，您會把它變得不是班級比賽嗎？」

堀北好像很在意南雲的這番發言，於是拋出疑問。

「可以辦到的話是很理想，但這實在不可能。校方不會同意。」

南雲聳聳肩，並傻眼地吐氣。

「不過，還是可以變成個人實力會比至今更加影響結果的制度。優秀學生在前段班是理所當然的，對吧？」

這點堀北既沒有同意，也沒有否定，而是靜靜聽著。

「還有，我目前正在提議幾個從一年級到三年級都會比目前為止都要更混雜在一起的有趣考試。如果校方認可的話——或許我也能和妳一戰呢。」

從南雲來看，他當然沒有把現在的我放在眼裡。

但即使如此，總覺得他本能的某處還是打算對我做評估與推測。

「雅，差不多該走了。你有想要打招呼的學長姊吧？他們要回去嘍。」

「是啊，跟一年級隨時都能聊呢。」

南雲和朝比奈一起走向了堀北學以外的三年級生身邊。

「呼……跟那類人說話，都要顧慮各種事呢。」

「畢竟他是學生會長。」

雖然年級只差一年，但就我們來看，他是遙不可及的人物。

「我要回去了，畢竟該做的事已經做完了。」

結果，她似乎要放棄在這裡跟哥哥說話。

「這樣好嗎？他可能明天就離開學校了喔。」

「那種事……不用你說，我當然知道……」

堀北咀嚼著這束手無策的兩難狀況，打算先行踏上歸途。

我也無法強制阻止，於是決定目送她。

「你不回去嗎？」

「嗯，我會再待一下。」

「是嗎……那我走了。」

堀北似乎有些在意我的動向，但她還是背對我，走回宿舍。

我毫無理由地決定以堀北學為始，凝視三年級生的模樣。

我並非特別感興趣。

是因為覺得反正都來了，那就先把這片光景烙印在眼裡。

同時也默默地想像著還沒辦法看見的兩年後的自己。

接下來熱鬧了一段時間，但學生們還是一個又一個地踏上了歸途。

不久之後，在大家有股要解散的趨勢時——

應該已經完成道別的堀北哥哥發現我並靠了過來。

「你還留著啊？」

堀北哥哥應該也很清楚我跟這個場面不相稱。

「你在等我嗎？」

「差不多。」

就算是遠遠地看，也會知道我沒有去找其他三年級生搭話。

「我覺得跟你說話的機會，這可能就是最後一次了呢。你什麼時候要離開學校？」

我決定先直接詢問關鍵的事情。

因為我覺得要是他待一下就馬上要踏上旅程，那我就必須去叫堀北。

「三十一日的中午。我預計要搭上十二點半的巴士。」

也就是一個星期過後嗎？不是當天，但是也快了呢。

「鈴音好像回去了呢。」

「她暫且把你這三年的成果烙印在眼裡後，就回去了。」

我們兩人往宿舍方向看了一眼。

那裡當然已經沒有堀北的身影。

「這樣啊。」

我無法從他那張表情中看出喜怒哀樂。

但如果就這樣不做安排，他們也可能會無法見面地直到分離。

當我自作主張地擔心著這種事……

「可以的話，我想請你傳話給鈴音。告訴她我三十一日的中午會在正門附近等她。」

「你自己告訴她會比較好吧？現在去說也還有時間。」

倒不如說，如果他有意思見面，事情就好辦了。

堀北可能會馬上飛奔而至。

「因為那傢伙可能會沒辦法坦率呢。我希望你去巧妙地傳達。」

「或許會有反效果耶。如果是我去告訴她，她有可能不會過來喔。」

因為她有很彆扭的一面呢。

「到時候，也只代表鈴音做出了這個選擇。」

「真的沒關係？」

我叮嚀並確認後，他毫不猶豫地回應了我。

「沒關係，交給你。」

不過，因為只是轉達，如果不用負責任的話，我也沒理由拒絕。

再說，聽見這件事，堀北八成會來送行。

他們的關係已經開始緩和。

「我很想跟你再稍微聊聊，但是待會兒有安排了。」

看來他也受到很多學弟妹的邀約呢。

希望至少在今天就忘記兄妹之類的事情，單純作為一名學生度過。

「再說，你也不希望無意義地久聊吧？」

「嗯，是啊。」

就算再怎麼沒有人煙，前學生會長還是很顯眼。

「可以的話，我希望你三十一日也過來送行。」

「我很不擅長在眾人前打招呼道別。」

「不用擔心，當天我不打算叫你和鈴音以外的人。」

「既然這樣，那就沒問題。」我輕輕點頭，欣然答應。

「抱歉啊。」

堀北哥哥留下這句話，就離開了我。

正因為堀北哥哥是我在三年級裡唯一會交談的對象，他不在的話，我就沒事了。

我也回去好了。

「綾小路同學，可以的話，要不要一起回去？」

此時來這樣搭話的人是平田。

我在遠處也能確認到，剛才他跟許多三年級生打過招呼。

「你已經打完招呼了嗎？」

「嗯，雖然說今天是畢業典禮，但大部分學長姊們都會在學校留個幾天呢。關係親近的人們多半會個別舉辦送別會。」

畢竟是平田，他應該有收到好幾個這種場合的邀請。

三年級生最多被准許停留到四月五日。

當然，這段期間準備完畢的學生就會陸續開始離校。

留下來的期間所剩無幾。應該可以視作大家差不多都準備就緒。

因為沒有理由拒絕，於是我決定直接和平田一起回宿舍。

7

我要和平田一起回宿舍。經過超商那一帶時，平田往我看了過來。

然後，又若無其事地轉回正面。

平田在這幾分鐘內，重複了好幾次這樣的行為。

他好像從剛才就在找時機說話……

過了不久，平田下定決心似的開口：

「其實——我有點事情想要先告訴你呢。」

平田有點難以啟齒地開口。

我有一瞬間以為他會提到學年末考試，但也不是這種感覺。

「有什麼事情要商量嗎？」

「是啊……嗯，我想會是商量。」

他稍作思考後，承認這點。

「雖然不知道能不能替你解決，但你就儘管說吧。」

被平田依賴，感覺也不錯。

但我沒辦法預測他要商量的內容。

他因為山內退學而消沉時，話題完全倒向那部分，不過那件事情已經解決。

雖然應該仍有些事悶在心裡，但那不至於需要商量。

他已經做完了一定的消化，變得可以自己解決了才對。

「說不定你會覺得意外……」

平田這麼開場，接著說出口：

「我……那個，該說是我現在對戀愛沒辦法積極嗎……我不是很了解。」

還真是說出了教人意外的發言。

被平田找去商量戀愛話題的日子居然會到來。

「不是很了解？」

總之，就先聽聽事情的全貌吧。

我催他繼續說下去。

「我覺得這大概是因為我沒有喜歡過女生啦……」

平田有點難為情地這麼坦白。

「總之，你的意思是沒和女生交往過嗎？」

「如果除去和輕井澤同學的契約，就是這樣了呢。」

可能不算是真的很令人意外，但我還是有那麼點意外。

平田不論男女都會平等對待，我還以為他有過一兩次的戀愛經驗。

他和惠的情侶關係再怎樣都不能算在內。

那只是為了藉由假裝彼此是戀人，阻止她遭到霸凌的關係。

不過如果他沒有喜歡過女生……

「意思就是說，你現在也沒有在意的女生嗎？」

「就是這樣……」

能平等看待所有女生算是優點，但這也是件很不可思議的事。

「那小美呢？」

小美強烈希望和平田的關係有所進展。

而且對平田展現出明確的戀愛情感。

「我說不出口——說不出無法發展成更進一步的關係。」

小美說希望從朋友開始當起。

之後，她當然會希望漸有進展，並成為戀人。

可是，既然平田沒有那個意思，她就無法這麼期望。

無意義地避免說清楚與拖延，對小美也很不好。

應該就是這樣吧。

這就是他要商量的內容嗎？平田很不知所措。

「我知道應該再次說清楚，可是，還真是困難。」

不傷害她，卻又要讓她察覺的那種困難。

「你心裡——很矛盾吧。一定是這樣。」

「是啊。」

平田就是因為溫柔體貼，所以才會常常像這樣被捲入苦難。

「但這是現在的事，也不知道今後會變得怎麼樣吧？」

戀愛情感應該不是自己可以控制的東西。

那會在不經意的瞬間打開開關。

……或許。

「就可能性來說確實不知道，可是……」

意思就是說，平田自己看不見他和小美的關係會有進展嗎？

像是外表和性格，她沒有會特別讓人提出不滿的部分。

當然，戀愛也有很多地方只憑那種地方無法計量。

「用類似斷言的形式來說——我覺得大概不可能。」

即使認為自己不知道，平田好像還是明確地有了答案。

既然這樣，我能對他說的就只有一件事。

「你應該說清楚。因為小美一直希望有所進展。」

我看著平田的雙眼這麼說。

保留答案，就代表著小美也要被迫等待。

既然這樣，盡快說清楚會比較好。

如果在這個前提上，小美還是要繼續喜歡平田，這就是她的自由。

但平田一度別開眼神。

「……即使會傷害到她？」

「明知答案卻拖延才會傷害對方，對吧？」

我再次看著平田的眼睛這麼說。

他雖然和我對上眼神，但立刻又瞥向了其他的方向。

「嗯、嗯，是啊，你說得沒錯……」

平田彷彿是在說給自己聽，反覆點了兩三下頭。

然後再次得到結論。

「有找你商量，真是太好了。這樣我也有勇氣了。不做好覺悟傷害對方，就只是在逃避而已呢。」

他似乎又順利獲得了一個答案。

「你能好好說出口嗎？」

「雖然不知道這是不是正確的想法，但因為我知道哪種才是傷人的行為了呢。」

平田做了衡量。

默不吭聲，以及老實表達。

他理解後者對小美才好，迷惘就消失了。

如果是以前，他就會不停煩惱，要得出答案應該會很花時間。

應該會不斷摸索「可以不傷害對方就解決」的選項，思緒跟情感的問題會就這樣沒有解決。

煩惱解決不久後，平田還有股想說些什麼的氛圍。

「怎麼了？」

我試著問問。

「那個，呃……以後……我可以叫你清隆同學嗎？」

「咦？」

還以為他要說什麼，這句話實在出乎我的意料。

「我在想，那個……如果可以的話，要是你也能直呼我的名字……」

我可以把這當作是我們的友情更往前跨出一步了嗎？

就像是過去和啟誠、明人、波瑠加、愛里的關係更進一步那樣。

「你可以的話，那當然好。」

我欣然答應，平田就打從心底開心地露出了滿溢而出的笑容。

「真的嗎？可以嗎？」

「只是要直呼名字吧？從平田你看來——不對，從洋介你看來，這應該也不稀奇。」

他平常給人不論男女都以姓氏稱呼的印象，但這樣應該絕對不算罕見。

「直到那個事件發生為止，對我來說確實不算稀奇吧。」

所謂的那個事件，就是平田國中時期發生的朋友被霸凌，以及他自殺未遂的事。

「從那時候以來……我無論如何都很怕跟人拉近距離。我平等地對待所有人，相對地也一直不去尋找重要的對象。」

之後經過了兩年左右，他在那段期間好像都只用姓氏稱呼別人。

這麼一說，平田面對任何學生都是平等對待。

即使是對班上一致同意要趕走的山內也是一樣。

看來他又再次踏出了一步，而且這次還是自己破殼而出。

許多學生都在這一年展現成長的狀況下，平田的飛躍成長也非常厲害。

「所以我真的很感謝你……清隆同學。」

他把撇開的視線挪了回來，是想要表達些什麼的那種眼神。

「總覺得很難為情耶，被你感謝成這樣的話。」

雖然有一股癢癢的感覺湧上心頭，不過這就是我心裡直白的想法。

約會的日和

畢業典禮以及結業典禮都平安無事地結束，終於進入了春假。

學生們忘掉競爭，得到短暫的休假。

在校生們當然不會被允許離開學校用地，可是也不會感到特別不方便。

肩負重責之一的，就是櫸樹購物中心的存在。不只是在學校工作的相關人士，對學生來說，這也是不可或缺的。

雖然已經無需說明，但像是咖啡廳、家電量販店、卡拉ＯＫ之類的必要商店都一應俱全。

另外，無論如何都想得到的東西，也會允許學生經過申請與許可之後在網路上購買。

在自己持有的個人點數許可範圍內，應該都可以過上隨心所欲的生活。

幸好今年的一年級生們，每個班級大概都不會挨餓。

就連最後一名的Ｄ班，在四月一日都會匯入幾萬點的零用錢。

如果從全國高中平均零用錢去思考，這筆點數有多麼奢侈就一目了然。

然而，當中也有不少學生的狀況很麻煩。

說著這種話的我，也是其中一人。

我和同班同學櫛田的契約，答應要把一半的收入提供給她。

一開始是因為有些想法才有的這份契約，現在狀況也開始有點變化。

我和櫛田的契約——不對，和她本人的關係該怎麼走下去，我就在這個春假中決定吧。

事情會按照我的安排進行，還是說，我會選擇不同的選項呢？

擁有這項選擇權的已經不是我了。

不過，春假才剛開始。

我沒必要慌張。

我穿上便服，做好出門的準備。

春假的大部分時間，我都打算在房裡悠閒地度過，但今天和某人約定要碰個面。

原以為距離收到聯絡為止還會有段時間，但對方的動作意外地很快。

我收到那個人的聯絡後，也去聯絡了另一個人。

「這會是最後的確認呢。」

也因為今天是春假的第一天，還會需要做各種調整，不過這樣沒有問題。

今天的聯絡，具有非常重要的意義。

不是為了今天，而是為了春假結尾的某日。

1

在陽光也變得和煦的三月下旬。

各處開始宣布櫻花綻放的時期，不久之後，我們應該也會迎接櫻花的盛開。

現在比預定的集合時間還要早，但是那名學生已經在等待了。

「你好，綾小路同學。」

我跟一身便服、讓人感到很新鮮的日和，在櫸樹購物中心前面會合。

「妳好早喔。」

「因為是我約你出來，我可不能讓你等。」

日和說完，就輕輕微笑。

「今天突然約你出來，真是不好意思。」

「反正我春假也完全沒有安排，別放在心上。所以——」

「昨天，圖書館終於進新書了。」

她讓我看提在手中的包包，再度微笑。

這次比剛才看起來還更開心。

因為一年D班的椎名日和，是個比任何人都更愛書的閱讀少女。

「我想盡早和你共享資訊。」

我和日和喜歡的作者，作品很難在超商和購物中心的書店買到。

因為也沒有做成電子書，就只能用訂購的。

雖然也可以自己訂，但如果是圖書館的話，書可以被比較多人看見。

我很珍惜可以像這樣和某人聊著關於一本書的話題。

「人比想像中還要多耶。」

咖啡廳的座位塞滿了學生們。

真不愧是春假。視時段不同，也會非常擁擠。

幸好吧檯那邊空著兩個座位，於是我們就往那邊走了過去。

「我們沒什麼機會像這樣在休假見面，感覺真新鮮呢。」

日和身穿便服。我們確實幾乎沒有在假日見面。

「可能的確是這樣。」

兩人抱著有點新鮮的心情，互相說出這種事。

「事不宜遲……我帶來了好幾本，能請你看看嗎？」

她說完，就開心地打算把書拿出來。

但在那之前，她停下動作，像是想起什麼地抬起頭。

「對了，在暢談書本的話題以前，可以先耽擱一下嗎？」

在她打算說些什麼的時機，我們身後傳來了偏大聲的音量。

「可惡——果然很擁擠耶——都沒有空的桌位嗎？」

哀嘆咖啡廳擁擠的這個耳熟聲音，立刻往我們附近靠了過來。

「這邊可以吧？」

「嗯，是可以啦。」

悠閒時光流逝下，有兩名學生輪替入座到我的隔壁。

我往那對男女的聲音方向看過去，發現是班上的池跟篠原。

他們好像是某個話題聊到一半，沒發現我們這邊，繼續說了下去。

他們似乎在不久前距離拉近了，狀況依然持續中。

「他們好像是……池同學和篠原同學嗎？」

雖然這段距離算不上是在說悄悄話，但她還是以不會被池他們發現的音量提問。

「虧妳記得耶。」

「也經過了一年，我也變得對別班同學有所了解了呢。」

日和自豪地雙眼發亮。

我們毫無理由地陷入沉默，並略微意識池和篠原的對話。

「每個月的薪水又回到不到三萬的狀態了呢。」

「這不是沒辦法的嗎？畢竟對手是A班，我們根本就沒勝算。」

「或許沒錯啦——但結果下個月又要掉回D班了吧？好糗喔——」

池似乎想起在學年末考試上輸掉，一度搔了搔頭。

「可是啊……妳應該知道敗北的原因吧？」

「什麼啊？這是誰的錯嗎？」

我有一瞬間以為他是不是要說出擔任指揮塔的我的名字……

「是我啦，我。」

他說出了會讓聽著的篠原睜大雙眼的吃驚發言。

「不對，正確來說，感覺我也是導致敗北的其中一人啦。老實說，我在想如果班上可以更加團結應考，是不是就會贏了呢。A班確實很強，但我們不是也打了一場漂亮的仗嗎？」

「哎、哎呀，是沒錯，池居然會說出這種話。要說意外，也真的很讓人意外呢。」

「別省略稱謂啦，篠原。」

「你對我還不是省略了稱謂，這樣就扯平了吧？」

儘管有時會穿插著閒聊，但他們還是一直在回顧學年末。

「升上二年級，我想要更加努力。課業和運動都是。」

「咦——哦？我不覺得你能夠說到做到耶。」

「當然沒辦法馬上就做到完美啦，可是，我真的打算這麼做。」

這些話裡好像含有不單純只是一時興起的決心。

「我就姑且問問。這是為什麼呢？」

「……是因為健跟春樹啦。」

那是不久前為止，在我們班上被稱作笨蛋三人組的一群好朋友。

我想起自己在入學一開始也跟那群人的距離很近，但不久就漸行漸遠。

雖然正確來說，應該是我被趕了出去。

「健那傢伙，明明就不適合自己，但他最近不是一直都在讀書嗎？上課之類的也很認真。我以為他只是做個樣子，但該說他真的變聰明了嗎？」

「畢竟他的成績好像提昇了呢。」

「就是說啊，他的成績也真的一點一點地提昇，又超擅長運動，對吧？總覺得我沒有半個地方贏他呢。」

「讀書之前是你比較厲害嘛。」

若是現在的須藤和池，有很大的機率是須藤會贏。

「那傢伙……明年大概會有更多更多的成長。」

他很高興重要的夥伴有所成長，但另一方面也對於被拋下感到恐懼。

這份恐懼深植內心的更大主因是……

「這樣下去，下一個退學人選可能就是我了。」

「池……」

班上排名越後面的學生，與退學越是緊緊相鄰，這是免不了的事實。

有諸多問題行為的山內成為犧牲者，而池開始覺得接下來會是自己。

「妳都不會笑我耶，像是說我講一些不適合自己的話。」

「是不適合啦……但我的狀況也滿類似的呢。」

篠原的成績絕對不算很好，而且她也不是那種擁有顯著優點的人。

雖有男女的差異，但他們都站在類似的位置上。

「這樣我不是就不能嘲笑打算為此努力的人嗎？」

篠原這麼說完，就用力地拍了池。

「我升上二年級之後，也會更加努力。我絕對不會輸給你喔。」

「我也不會輸給妳。」

池和篠原的關係，可以看成是以很不錯的感覺在發展。

今後，應該也會出現被這兩人刺激並且努力的學生。

只要有人往前走，就會有別人配合似的也往前走。這種相互的關係極為重要。

「是說啊，篠原。」

「嗯？」

坐在我隔壁的池，他的聲音在不同的性質上轉為很認真的語氣。

「那個──我……有些話要說，妳願意聽聽嗎？」

「幹嘛要再次重申啊？」

「哎，該怎麼說呢？雖然我們有像是吵架朋友的一面……那個……」

我和日和對上了眼神。

正因為是別人的事，有時也會比被拋話題的當事人解得更早。

說不定，這場面上會誕生一對新的情侶。

是會有這種發展的過程。

「妳要不要跟我──」

「啊！」

在池準備萬全，打算把話說出口之前，篠原大聲叫出來。

這裡算是很廣闊，但仍是狹窄的學校用地裡。周圍無論如何都會映入旁人的眼簾。

面向池的篠原好像察覺到了在一旁的我們。

池就像追著篠原的驚訝與視線般，也回過頭來。

他一跟我對上眼神，就彈了起來。

「綾綾綾、綾小路！」

正因為他感覺打算告白，反應超乎想像誇張。

「你你、你在這種地方做什麼啊！」

「做什麼……我就是很一般地來到咖啡廳啊，這有什麼問題嗎？」

「不、不是啦，你也打聲招呼嘛！隱藏氣息之類的很狡猾耶！」

不，我覺得在那種狀況下叫他們才比較有問題。

再說，雖然他說我狡猾，但先來的可是我們。

「你該不會在聽我們的對話內容吧？」

「你們在聊什麼？」

我反擊之後，他就急忙別開視線。

「聊、聊什麼都沒差吧？」

篠原聽著我和池這樣的對話，把話鋒轉到其他事情上。

「……咦，綾小路同學在跟椎名同學交往嗎？」

知道我不是一個人的篠原提出疑問。

如果是兩人在喝茶，變成這類話題當然也不足為奇。

「不是的。你們呢？」

「沒有，才不是呢，我跟池又不是那種關係。」

篠原很果斷地否認。

池似乎對這種態度很不高興，於是也接著說：

「是、是啊，綾小路，你別誤會喔，誰要跟這種醜女交往！」

「啥？誰是醜女啊，你說誰！」

「就是妳啊！」

不對不對，他們為什麼要在這邊起爭執啊？

站起來的這兩人毀了直到剛才為止都很棒的氣氛，怒視彼此。

「啊——心情真差！」

「這是我要說的，虧我特地在春假騰出時間。」

「啥？啥？啥？我是迫於無奈才約妳的耶。」

「這算什麼？爛透了！」

我以為他們會坐下來，結果不知為何卻吵了起來，然後走去其他地方。

明明眼看就要誕生一對情侶，情況卻急轉直下。

「沒事……對吧？」

日和也對這個狀況的變化有點傻眼地嘟噥。

「不知道耶……」

唯有這點，就只能請他們自己去恨自己倒楣，隔壁有同學在場。

但願他們早日和好，把關係發展下去。

「妳剛才有什麼話說到一半，對吧？」

「呃——沒錯沒錯。真巧，這跟剛才那兩個人的話題非常類似。」

非常類似？聽見這番發言，我不由得吃驚。

不會是跟告白有關吧？這種事一瞬間掠過了我的腦海，但馬上就被她否定。

「學年末考試的事情，我有些話想要問你。」

池和篠原確實也有聊學年末考試的事。

「想問我的事情？」

「假如我的推理有誤，那很抱歉，不過我就單刀直入地問了，改變龍園同學的人就是你嗎？」

她以沒有惡意、充滿好奇心的眼神凝視我。

回想起來，從第一次見面時開始，日和就是個擁有敏銳感受力的人。

「一般大概都會回應『這是什麼意思』呢。」

佯裝不知、假裝毫無關係——那才是我應該採取的最佳對應。

我刻意沒這麼做，是因為日和的眼神好像很有把握。

「是啊。可是，我覺得如果是你的話，不用深入說明也能明白。」

改變了龍園。

如果只有這句話，通常大部分的人都會疑惑地偏頭。

沒有這麼做，就會是對狀況有一定理解的人，或是改變龍園的當事人。

「妳為什麼會這麼認為？」

我沒有搪塞日和，而是試著詢問理由。

因為我想請她告訴我，她有把握的理由。

「我只是慢慢地把拼圖拼湊起來。龍園同學原本對綾小路同學你們的班級很執著，可是，在某個時間點之後就走下了舞台。表面上是因為石崎同學的造反，但石崎同學實在讓人感覺是在虛張聲勢。看見你讓曾經是龍園同學親信的石崎同學、伊吹同學去和龍園同學扯上關係，於是這也變成了我心裡的把握。」

日和似乎在我毫不知情的地方使出了幾項戰略。

然後覺得龍園的退隱很可疑。

「如果讓你感到不愉快，那我道歉。我非常煩惱今天要不要聊這個話題，因為我覺得可能會因為觸及這點而惹你生氣。因為不論真相如何，我只要看見你，就會知道你不希望聊這種話題。」

「意思是，日和妳是做好覺悟才提出這件事的呢。」

這跟日常閒聊的等級不一樣。是有好好思考過這點才做出的決定。

「如果因為這件事而變得不是朋友——那我一定會後悔。如果變得不能跟你像這樣並肩同行，我絕對會後悔。」

既然這樣，收在心裡應該比較好。

不過，日和今天還是在這個時機提了出來。

「因為我覺得不往前踏出一步，就不會有進一步的發展。」

「進一步的發展？」

我這麼反問後，日和就驚訝地張嘴，似乎對自己的發言很吃驚。

「我想想……我剛剛才自己說出口，現在卻有點搞不清楚。」

日和這麼說完，就露出了有點不知所措的表情。

「那個……你有聽說B班和我們班的戰鬥嗎？」

「只有聽說結果。」

其餘細節，我什麼也不知道。

日和心想這是改變話題的時機，於是就說起了他們獲得勝利的事情。

「原來是這樣啊，通常來看的話，這是很有問題的做法。」

「龍園同學的做法確實也有不少問題。不過，我覺得為了讓現在的班級往上爬，必要之惡應該也是可行的。這樣會很狡猾嗎？」

「至少我不會否定。」

即使不是值得稱讚的一場仗，但會被人在背後說閒話的戰鬥方式還是帶來了勝利。

這種人對社會上多少都是必要的。

要打一場不被稱讚的孤獨之戰，不屈不撓的精神力不可或缺。

「不過，這毫無疑問會冒著非常大的風險，B班裡也出現了抱著疑問的學生。不過，我覺得不會出現具體的證據。因為我們應該是巧妙地躲過遍布的監視器，然後才動手的。」

這所學校裝設了許多監視器。

學校內部當然不用說，櫸樹購物中心以及周邊，多數地方都在監視之下。

不過也不是所有地方都有。洗手間之類的地方當然沒有攝影機，像是被當作包廂的卡拉ＯＫ

等等也不在監視對象中。

如果一之瀨他們B班出聲表示事有蹊蹺，學校應該也會進行調查，但事情恐怕會停在不上不下的階段，大概不能期待會有什麼進展。

「真是做出精彩周旋的五勝呢。這安排也可以說是很完美吧？」

「精彩嗎？我不這麼認為。倒不如說，我覺得他採用了破綻很大的戰鬥方式。」

「怎麼說？妳是說可以達到六勝以上？」

「五勝就表現得很棒了。不對，倒不如說，我還覺得太貪心。因為龍園同學為此而採用了非常危險的戰略。」

日和這麼分析並回顧先前的考試。

然後告訴我是如何獲得勝利的。

「即使糾纏不休地帶給B班學生們壓力這點還行，但促使他們身體不適的舉止顯然是個失策。就算這是對有很多善良學生的B班才能使出的招式，也不是一件可以容許的事。」

聽見這些話，我也和日和抱著完全相同的感想。

我知道眼前的這名少女，應該過著跟我截然不同的人生。

原本是似是而非的兩個人。

不過，像是根本的想法或思考，確實也有相似的部分。

就是因為這樣，聽完這番話，我心裡也浮出了疑問。

「日和妳在龍園使出戰略前就聽說了這件事，可是卻沒有阻止他嗎？」

「就算我提出建言，你覺得他是會把話乖乖聽進去的人嗎？」

比起石崎和伊吹的建議或許更有可能聽進去，但龍園不會接受吧。

她覺得龍園不可能認同對方的想法，而是會嗤之以鼻、隨便聽聽。

「確實呢。既然這樣，妳認為怎麼做龍園才會收手？」

我想要引導出這點——她是思考到哪裡才行動。

日和恐怕在感覺上是理解的才對。理解會走到今天這步的理由。

「應該就只能依靠跟他同等……不對，是擁有超越他的實力，讓他最在意的人物所做出的斥責。」

就算她自己去說，龍園也不會把建言聽進去。不過，如果那是龍園也認同的人物所說出的建言，事情就會不一樣。正因如此，她才會來把這件事情告訴「我」。

「日和，可以麻煩妳轉達一句話嗎？」

我刻意決定不使用會直接讓事情變得明確的發言。

因為我判斷不這樣做也很足夠。其他學生另當別論，但日和應該不會利用她現在的立場讓我困擾。因為她很清楚自己認同的領袖——龍園，沒有把我的事情公諸於世的意義。

「什麼話呢？」

日和不改變態度，溫柔地凝視我這邊。

「如果是我的話，就會用更高明的手段安全達到五勝以上——妳就先跟他這麼說吧。」

「——好的，了解，我確實收下這句話了，我會轉達。」

日和瞇起雙眼，感謝似的輕輕合起雙手，然後笑了出來。

龍園除了石崎和伊吹之外，也還擁有不錯的夥伴呢。

如果日和可以好好控制容易失控的三人，他們應該就會變得更加棘手。

於是，與日和的學年末考試的話題就告個段落了。

「所以……」

通常在這邊就會解散，但重要的還在後頭。

「如果你有中意的書，請一定要拿回去讀一讀。」

她再度打開包包，拿出了書本。

今天原本就是為了這件事才安排見面。

「但這樣好嗎？這是以妳的名義借來的書吧？」

「我有得到老師的准許，雖然這件事真的不太好，但我還是取得了許可，說是如果能在期限內歸還，那就沒關係。」

大概是因為日和是圖書館裡的資優生，就算有些好處也不足為怪。

在我們暫時熱烈地大聊書本的話題、喝完茶、道別後——

「我好像必須稍微改變對她的評價了。」

我至今只把日和當作是同年級的學生，再深入一點說的話，我對她的認知只是擁有共同興趣的友人。

我和日和道別，不久後，就跟來到櫸樹購物中心的惠會合。

「……有什麼事嗎？」

惠現出身影，她一開口心情就好像很差。

「要不要坐下來？」

我催她坐在因為日和回去而空下的座位，但惠只看一眼椅子，就拒絕了此事。她露出在看髒東西一樣的眼神。

「要是被人看見你跟我喝茶，不是會傳出奇怪的閒話嗎？」

她看著偏離的方向這麼說。

旁人即使遠遠地看，這樣應該也不像是在跟我說話。

「如果傳出閒話，會是個問題嗎？」

「大有問題。不謹慎地接觸異性，馬上就會被傳閒話，這點事情你還是先了解會比較好吧？

你大概一點也不了解。」

說得簡直就像是我在貿然接觸異性呢。

「所以？你有什麼事？」

「抱歉啊，我忘記是什麼事了。我想起來再聯絡妳。」

我已經完成了應該對惠做出的事情。

「這算什麼嘛，總覺得亂七八糟的——回去吧。」

惠傻眼地嘆氣，背對著我離開。

我沒叫住她，而是目送了她。

整體上來說，惠的心情很差，但這也理所當然。

因為是我設計要讓她心情變糟的。

等到發現時，春假也到了馬上就要進入四月的三十日。

這幾天我沒有特別做什麼，大部分都是在自己房間度過，盡情享受休假。

我以為應該會就這麼悠哉地迎接新學年……

我在八點前起床後，發現自己收到了一則訊息。

寄件人是一年B班的「一之瀨帆波」。

那封訊息的內容，是在詢問春假中能不能在哪裡見面。

剩下的春假，似乎還是無法就這麼平淡地度過。

日期似乎隨時皆可，內容只有附上如果可以希望堀北也一起見面的請求。

從這一句話來觀察，我不過就是個附屬品，堀北應該才是主軸。

我大致上預測得到話題內容。

就是關於一年度最後一場考試——選拔項目考試的事情。她大概有蒐集到一定的情報，不過應該還是會想詳細了解我們與A班的戰鬥達到三勝四敗的經過。

另外，這也讓人猜想話題會與升上二年級之後有關。

這關係著我們班和一之瀨班級的友好關係。

要繼續還是作廢——她應該會想要先在這部分得到共識。

與其說是會聊到什麼話題，倒不如說兩者都會聊的可能性還比較高。

尤其是關於後者，也是應該在春假期間就好好事先討論的呢。

「一之瀨的狀態是恢復了，還是沒恢復呢？」

我思考著從放春假後就不曾在外面見過的少女的事情。

學期末考試的結果，是不是還一直悶在一之瀨的心裡呢？

兩勝五敗——因為這對B班而言是相當慘痛的敗仗。

雖說我們掉下了D班，但還是有在確實地拉近點數的差距。

在一場特別考試上替換班級，也是十分可能發生的事情。在這種說是跟B班勢均力敵也不為過的狀況下，遲早都會需要討論今後該怎麼走下去。

在一年級的初期局面結下的合作關係，絕對不算是壞事。

如果曖昧的合作關係就這麼繼續下去，精神上的負擔也會減輕。

可是不久的將來，也要考慮這份關係會不會變成彼此的累贅。

狀況更緊繃時，應該也會被迫強制撤銷合作關係。

這也很可能變成俗稱的「忘恩負義」。

總之，為了把這個部分弄得明確，後段班當然不用說，前段班也必須提出今後的方針。

知道一之瀨要前來接觸，堀北應該也會有類似的想法。

這不是單純的討論，恐怕在預測未來上也會是重要的分歧點。

就算一之瀨現在的狀況沒有想到那麼遠，由堀北主動提出的可能性依然很大。

現在可以說的，就是我們沒有不商量的選擇。

接下來就只要看雙方的時間。我今天沒問題，但堀北怎麼樣呢？

據堀北哥哥所說，他三十一日會離開這間學校。

她應該打從心底希望在所剩無幾的期間和哥哥說話。

就算只在今天度過只有兄妹倆的一段時光，也不會不可思議。

雖然那個哥哥會不會同意這點，還有堀北能不能見他，又是另一回事。

總之，先傳訊息給堀北好了。

我還順便試著附上一句：「妳有跟哥哥慢慢聊過了嗎？」

我把一之瀨想要見面的主旨簡單寫成文字寄出，她沒幾秒就已讀了。

過了不久，就收到了回覆。

『我隨時都可以。』

她這樣回應。不對，妳不可能隨時都可以吧？

我在心裡吐嘈，同時也很好奇要是我指定明天，那她會怎麼回應，但刻意挑剔在意的部分，事情也只會變得麻煩。

從她的回答完全無視有關哥哥話題來看，就很明白了。

『既然這樣，四月二日如何？』

我姑且顧慮她，試著排除今天和明天。

『我今天有空。』

不勞你多費心——她馬上回覆充滿這種氣勢的文字。

要坦率地說出想和哥哥待在一起大概很困難，但她明明只要回覆有安排之類的就好。

就算說我有安排，要讓她相信這點，好像也很麻煩。

『也是啊。麻煩的事情，確實都會想要盡早處理呢。』

在這邊反抗她，之後會很累人，所以我決定先配合她。

就算是討論結束後的下午，要安排跟她哥見面的時間應該也很充裕。

「……沒辦法吧。」

這樣下去，大概在明天道別時以外，那兩人似乎都無法私下見面。

我回覆堀北，決定和一之瀨約在今天見面。

我在後來與一之瀨的討論上，約定十點要在櫸樹購物中心二樓的咖啡廳裡碰面。

1

也因為快要四月的關係，氣溫正逐漸變得暖和。

現在是早上九點半過後。雖然目前天氣晴朗，但氣象預報說中午過後會有短暫大雨，所以集合時間偏早。預定要在上午解散。

時間上還很充裕，於是我打算慢慢前往櫸樹購物中心，按了電梯。

放假時尤其會在外面跟各式各樣的學生擦身而過。

同班同學就不用說，同時也會有其他班級以及二年級生們。

就算我認識的人不多，但是只要稍微走走，就會看見某些認識的人。

不過，畢業生們的身影日漸減少，已經幾乎看不見了。

因為到了四月五日就只會有二年級以下的學生，所以這幾天似乎都會很清靜。

當我這麼想的時候，就在自己叫來的電梯裡碰上了某個認識的同年級女學生。

「……又是你……」

發出這種嫌惡的聲音，同時退後到距離我最遠處的，就是一年D班的伊吹澪。

不知為何，我對於長假有種就是會跟伊吹發生各種狀況的印象。

對方一定也在想著同樣的事。

而且因為在電梯裡，這也可以說是密閉空間。

「現在正在放假，偶爾見到也不足為奇吧？」

「是沒錯……但我已經沒打算跟你扯上關係了。」

「我知道。」

她上次來我的房間時，好像也是百般不願。

要不是被石崎強行拖過來，她應該不可能會來拜訪。

雖然她很討厭我，但為了龍園，伊吹還是助了一臂之力。

這也是個證據，顯示她覺得龍園對班上來說就是如此必要的人物。

我也沒有不搭進去的選擇，所以還是踏入伊吹正在等候的電梯內。

「應該不會又停下來吧……」

「話說回來，是有過那麼回事呢。」

是在暑假嗎？我和伊吹在電梯裡一起被關起來過。

我們都對類似的狀況很警戒，但那種偶然當然不會發生第二次。

我們順利抵達一樓大廳後，伊吹就馬上出了電梯。

伊吹好像也要去櫸樹購物中心，方向是一樣的。

「這樣好嗎？跟我步調一致。」

她也可以為了趕緊離開我而跑走。

「為什麼是我要有所動作？倒是你趕快跑開不就好了嗎？」

她討厭待在一起，可是好像也無法忍受自己主動離開。

該說這部分很有伊吹的作風嗎？讓人不禁感受到她的好勝心之強。

話雖如此，我為了遠離她而奔跑也是件很奇怪的事。

對我來說，伊吹在旁邊也不是什麼問題，最重要的是，就算我更早前往櫸樹購物中心，也會比預定時間早到太多。那樣才是只會無謂地耗費體力。

結果，我們雙方互不相讓，並以差不多的步伐前進。

從宿舍出發大約是五分鐘的距離，應該馬上就會分開來了。

「龍園回歸，真是太好了呢。」

「吵死了，閉嘴，別跟我搭話。」

這氣氛連稍微閒聊都不允許。我還是先別繼續多嘴好了。

她好像不怕沉默，所以我決定在這裡配合她閉上嘴。

我們走在有點緊繃的氣氛中。

「嗨——伊吹，等一下啦——！」

在這種氣氛中邁步而出，過了不久，身後傳來了大喊。

是聽起來很耳熟的聲音——是一年D班的石崎。

他是龍園的親信之一，經常和伊吹一起行動。

好像也是因為他意外地經常和我扯上關係，是最近開始能普通交談的其中一人。

伊吹沒有回頭，面不改色地繼續走著路。她……不可能沒聽見。

「喂，等一下啦！喂！」

「你很吵耶，不要在附近大吼啦。」

「這是因為妳都沒反應啊——哦？綾小路也一起啊？幹嘛，你們……難不成……是在約會？」

石崎跑過來說完這種話，伊吹就立刻往他的膝蓋後方踢去。

「好痛！妳幹嘛啊！」

「你至少知道被踢的理由吧？是說，你好煩，離我遠一點。」

「什麼嘛，有什麼關係。反正待會兒也預定要碰面啊。」

看來伊吹預定要在櫸樹購物中心跟石崎會合。

「那麼也會跟龍園碰面嗎？」

「哦，對啊——不對……呃——……」

我用很自然的感覺這麼詢問，石崎就粗心地說溜了嘴。

「笨——蛋。」

看來他們因為各種狀況，似乎預定要各別在櫸樹購物中心碰面。

從他對龍園的名字有強烈反應來看，這也不難想像。

他們似乎打算極機密地會合。

「不、不過，沒差吧。因為就算瞞著綾小路也沒用。」

石崎將錯就錯，但伊吹沒有緩下嚴肅的表情。

「才不是沒有用吧？到頭來，如果不打倒這傢伙，我們也不能往上升。」

「是沒錯……」

這種話不是應該在我不在的地方說嗎？

雖然我對龍園的回歸還是有些半信半疑，但看這感覺似乎不會有錯。

打算私下見面，應該是因為表面上還沒有回歸。

龍園一度退出了那個位置，同學們當然不可能輕易地表示同意。

石崎也有被奉為打敗龍園的男人的這個難題。

「欸，綾小路。」

「嗯？」

我在腦中想著這種事，並整理思緒時，石崎就來向我搭話。

「我有想到晉升A班的最強辦法，你要不要加入？」

面對他這實在是很唐突的模樣，我不知該做何回答。

「我就姑且聽一聽吧——你那個最強辦法。」

「好。」石崎拍胸脯，然後自豪地說：

「你啊，就過來我們班吧，這樣我們就確定能到A班了吧？」

「啥？你突然間是在說些什麼啊？」

「龍園同學和綾小路聯手的話，不就是最強的嗎？這樣就算是坂柳和一之瀨都能夠打倒了耶。」

這好像就是石崎想到的最強之策。

「不可能不可能，絕對不可能。」伊吹否定。

不過，和龍園聯手嗎……

「我是不會覺得很糟糕啦。」

「你……是認真的？」

伊吹用作噁的眼神看過來。

「對吧對吧？如果你說要當我們的夥伴，那我會很歡迎你喔。我覺得龍園同學和你其實很合得來耶，而且阿爾伯特也很喜歡你。上次聊到你的話題時，他超級興奮的呢。」

我還是第一次聽說山田阿爾伯特很喜歡我。

是說，把那解釋成是喜歡，真的沒問題嗎……？

我跟他也幾乎沒有瓜葛，要說唯一像樣的瓜葛，也就只有屋頂上的那件事。

通常互毆後就會被喜歡嗎？

硬要說的話，總覺得比較可能會招他怨恨。

「他本人應該沒有清楚地說過吧？」

伊吹似乎也覺得很疑惑，因此詢問石崎。

「是男人的話，就可以體會到。這是直覺啦，直覺。」

這直覺實在很不可靠。

就算我認真要合併到龍園的班級，他也有可能會打上來吧。

石崎自己想到了這些，然後自己興致高昂了起來。

我心領了他的好意，決定先認真回答。

「現實中是沒辦法的。作為大前提，為了移動班級需要的兩千萬點，該怎麼辦呢？」

雖然說在學年末的考試上贏過B班，但這實在不是一筆有辦法存到的點數。

「這……就是那個啊，龍園同學會替你想點辦法的啦。」

「他不可能會想辦法吧？」

「是嗎？如果綾小路要成為夥伴，龍園同學也會幫忙的啦。」

「我是不覺得他會幫忙。」

這點我同意伊吹。那傢伙不是會想這種軟弱方式的男人。

他大概不會不惜與我聯手，也打算以A班為目標。

身為男人的尊嚴不會同意。

不對，是我不希望他是會同意這件事的男人。

「比起聯手，他當敵人，對我來說也比較開心。我很高興你的邀請，但就容我拒絕吧。」

在談個人點數的問題以前，這點才重要。

「這樣喔。可惡，我本來覺得這是個好辦法。」

「你也是個怪人耶，你說跟那傢伙彼此是敵人比較開心？」

伊吹冷冷一笑，完全沒有往我這邊看來。

「嗯，我很期待他會做出什麼事。」

我坦率地肯定後，伊吹做出作嘔般的舉止，強調自己很討厭我這樣。

雖然我不太想做出太醒目且好戰的事，但如果是和龍園的話，要再次戰鬥也沒關係。

不過，為了這樣，也得請他有更多成長。

他必須讓我見識他和堀北、一之瀨、坂柳戰鬥後，並且勝出的模樣。

過了不久，櫸樹購物中心就近在眼前。

「抱歉啊，綾小路，就到這邊吧。你被看見和我們有瓜葛也會很麻煩吧。」

雖然不知道他們接下來要在哪裡碰面，但交換意見是件好事。

我決定老實接受這份不像石崎的作風，且令人感激的顧慮。

並且決定在門口附近和石崎和伊吹道別，然後從其他入口進入購物中心裡。

剛遇見石崎時，我作夢也沒想過我跟他會變成能夠聊成這樣的關係。

總覺得和伊吹的關係比初期更退步了，但這也可以說是種變化。

「經過一年了呢。」

圍繞在我周圍的環境，在這一年也有了大幅的變化。

我和別班的龍園和坂柳，也變得可以面對面說話了。

這樣的學生還有好幾個。

雖然只是一年，但是也不容小覷。

這就是時間確實流逝的證據。

我現在也能夠好好理解，小時候不懂的所謂「時間的流逝」。

話說回來，我回想起去年這個時候的事情。

高度育成高級中學的入學典禮近在眼前，必須不讓任何人察覺這件事，安靜度日的那段時期。我當時體驗著虛無感。尤其是一直致力於不刺激那男人……不刺激到那傢伙。萬一引起他的注意，這件事肯定會被他阻止。

我因為各式各樣的因素而得救。假如他平常就待在我的身邊，就不會漏看這點了吧。

不過，那個原本就相當忙碌的男人很少回家。雖然安排了以傭人為名的監視人員，但那個人在那一年將近七八成時間都住在飯店裡。

雖然說我待在家裡，但並不熟悉。

我在White Room度過了大半的人生，以我看來，家就只是住了快一年的臨時住處。跟飯店沒什麼兩樣。

「White Room嗎？」

那個男人還沒放棄。

不對，倒不如說，他應該感受到了很強烈的手感。

看成他在我不知道的這一年，已經達到再次運轉設施的階段，大概不會有錯。

只要White Room需要我，我就會重回那個地方。

不久的將來——兩年後，我就會面臨這個問題。

雖然前提是如果這兩年我可以在這間學校度過……

現在思考這件事，實在是白費力氣。

總之，我處在一年前根本想像不到的狀況之中。

這些正作為無可取代的回憶烙印在我的心裡，唯有這點很確定。

我抵達集合地點——櫸樹購物中心的北門附近。

如果是平常的假日，就是十點開始營業，但長假中有一部分的店家是九點起開放。

待會兒預定要前往的二樓咖啡廳，也是那些九點營業的店舖。

「我真的是在盡情享受生活耶。」

我為所欲為，過著隨心所欲的高中生活。

用手機和同年級生互動，然後稍微見個面。

這些日子還是有點沒真實感。

若說不充實，就是在騙人。

雖然校園生活上，當然還是有各種麻煩事。

就算把幾個月前與現在相比，變化也相當大。

眼前靠近過來的少女的存在我也變得能接受了。

沒錯……「表面上」的我，簡直就是判若兩人。

我暫時停下思緒，徹底切換到其他事情。

現在就先全力投入在接下來的討論上吧。

「你還真早到呢，距離預定時間還有將近二十分鐘。你很閒嗎？」

當然也是穿便服前來的堀北，故意看著手機畫面這麼說。

「妳二十分前就抵達，也是半斤八兩吧？」

就像是在證明我們彼此在春假都沒什麼安排。

我們沒有特別做出像是商量的動作，就前往位在二樓的目的地。

「你好像也知道今天的討論是針對什麼呢。」

她似乎是從我沒有確認的這點而這麼判斷。

雖是正確答案，但我還是稍微裝個糊塗好了。

「什麼意思？」

「明明很清楚。你還是打算走多餘的步驟嗎？」

「不，我根本就不知道妳想說什麼。一之瀨打算談什麼啊？」

我打算藉由強行堅持到底，敷衍懷疑的堀北……

「你真的不知道？要是你知情又裝蒜，我可饒不了你。」

「……呃，妳冷靜。」

我被隨時都可能咬上來的堀北怒瞪，便立刻決定撤回自己裝傻的態度。

「是有隱約察覺，這也沒有那麼困難吧。」

「這不是那麼困難的事情，可以請你不要什麼都打算裝糊塗嗎？」

我被理所當然到不行地吐嘈。

就算以這種事情試探堀北的想法，好像也沒意義。

「你在測試我有沒有理解嗎？」

「妳想太多了。」

「真的嗎？」

與其說她變得敏銳，倒不如該說是她好像開始理解我的做法。

膚淺的小手段開始對堀北行不通了呢。

繼續追究下去，我大概會受傷，於是我決定逃避。

「比起這個……我們到了喔。」

因為看見一之瀨在咖啡廳門口待命，我轉移了話題。

距離約定的時間還有十分鐘，但一之瀨好像更早抵達。

「一之瀨在春假可能跟我們一樣都很閒呢。」

我無法想像她才剛到。她究竟多久之前就在等了呢？

「她怎麼可能跟我們一樣？如果是她的話，該說是單純地守規矩嗎？她就只是太可靠了而已，只是不喜歡讓對方等吧。」

應該就像堀北說的那樣吧。

「原來妳心裡對一之瀨的評價也是這種感覺啊。」

「我一開始以為她只是裝作好人的偽善者。」

她一針見血地把之前的想法拋入好球帶，甚至到了很過火的程度。

「但這一年我的想法再怎樣都改變了——我覺得她是純粹且純正的濫好人。」

很多人會假裝好人，但真正的好人大概找不太到。

大部分的人都會在心裡破口大罵。

當中的那些珍貴的好人，一之瀨就是其中之一——這點應該已經無庸置疑。

「要過著怎樣的生活，才能變成那樣的好人呢？」

只有這點，我也毫無頭緒。

「身為好人是她的武器，但也是個弱點。」

她這麼說完，就既像是在稱讚，又像是有點擔心地嘆氣，然後靠了過去。

越是個純粹的好人，越會遭到壞人利用。

「妳覺得她最好不要是個好人嗎？」

「如果是被大自然圍繞，獨自生活在山裡，那倒是還好。可是，為了要在競爭社會中存活下來，我認為應該捨棄當一個徹底的好人。」

「原來是這樣啊。」

「但她的話，一定直到最後都會貫徹當個好人吧。」

堀北說——即使會讓自己不利，一之瀨大概都會一直當個好人。

「即使如此，一之瀨還是有善惡之分，如果有那種會危害到同學的事，我認為她已做好覺悟去做任何事。」

「是這樣就好了呢。好啦，無聊的話題就聊到這邊。」

為了面對接下來的討論，堀北的表情變得很認真。

我們結束閒聊，前去接觸一之瀨。

「一之瀨同學真早呢，讓妳等很久了嗎？」

「早安，堀北同學、綾小路同學。不會，完全沒有，我也是剛剛才到。」

雖然是經典台詞，不過所謂的「剛剛」，實際是從何時開始的呢？

穿便服的一之瀨掛著一如往常的笑容迎接我們。

「一大早就過來，再怎麼說都能輕易搶到座位呢。」

仍只有零星的學生身影，看來哪裡都有空位。

「來來來，點你們喜歡的東西，我請客。」

她握拳輕敲胸脯，說買單就交給她。

「這應該不會——變成討價還價的材料吧？」

正因為有親手下廚，打算讓事情有利進行的過去，堀北才會有一瞬間很警戒。

「她又不是妳，應該不可能吧？」

「我不喜歡你的說法……但說得也是。」

就像堀北剛才自己說的那樣，對方不是別人，而是一之瀨。

我不覺得她會在這種地方彰顯優勢。

假如一之瀨強調優勢，若是堀北，應該也會反過來強調自身優勢。

「那麼，我就恭敬不如從命，可以嗎？」

「當然。請吧、請吧，就從堀北同學開始決定餐點。」

我們被一之瀨這麼催促，於是決定先從堀北開始點餐。

我很擔心一件事，打算找一之瀨輕聲搭話，所以跟她拉近距離。

雖然很微弱，不過她今天也有柑橘系的香味呢。

「一之瀨，妳個人點數方面沒問題嗎？」

雖然說要請客很令人感激，但隨著B班阻止同學退學，她應該沒有點數了。

我覺得既然她把人約了出來，應該至少會請客，但我還是很擔心她的手頭狀況。

「啊，嗯，我在這裡結完帳，還會剩下大概三千點。沒問題喲。」

很快就要四月了。

有這麼多餘額的話，要撐過去確實應該沒問題。

可是她的個人點數應該一度變成了零點。

一之瀨似乎感受到我的疑問，所以補充道：

「我把吹風機呢，賣給了A班的西川同學，所以才籌到了點數。為了撐過三月，我想這也沒辦法。我也有請其他同學們以類似的形式努力。」

雖說學校訂有制度可以不花點數就熬過生活，但還是會有需要資金的狀況。

如果比在店裡購買還便宜，買賣順利成交，應該也是常有的事。

「所以，綾小路同學你也別客氣喲。來，點吧點吧。」

繞到我身後的一之瀨溫柔地推了推我的背，然後這麼說。

只有我在客氣，對一之瀨來講確實反而是件讓人不開心的事。

堀北點完餐，我就接著點了咖啡。

我們三個在取餐處拿到商品，接著就在咖啡廳一隅的桌位就坐。

想要趁學生們還很少的時候進行話題——兩人的意思應該有在此統一。堀北覺得事不宜遲地開口：

「妳來找我們，是因為考試的事嗎？還是關於四月以後的方針？」

堀北似乎根本不用事先與我商量，也預測得到一之瀨要說的話。

「啊哈哈，被妳識破了。答對嘍。」

一之瀨笑著承認，但是眼神相當認真。

這是她理解這場討論很重要的證據。

「會給妳添麻煩嗎？」

「不會，我也覺得近期需要討論，所以妳能來約我，真是幫了大忙。妳很受歡迎，排行程很困難呢。」

「沒這回事，因為我春假都滿有空的，隨時歡迎妳約我喲。」

一之瀨答完，就輕輕微笑。

她的模樣感覺也透露著悲傷。

雖然有邀約，但她都拒絕了吧。

其原因為何，堀北當然也有察覺到。

「最後的考試，你們好像經歷了一場苦戰。」

這作為開場白或許很不適當，但我還是對一之瀨這麼拋話。

就算為了不碰到她的傷口而拐彎抹角地討論，早晚還是會觸及話題。

既然如此，一開始就先帶著一定的疼痛，也會痊癒得比較快。

堀北似乎打算稍微兜圈子，有一瞬間露出了僵硬的表情。

但一發現我提出，堀北就馬上轉換了想法。

「哎呀——嗯，輸了。感覺是被龍園同學的作戰漂亮地打倒。」

她似乎回想了起來，於是在深深嘆氣的同時搖頭，然後表示肯定。

一之瀨似乎散發著焦躁感，對自己反覆氣餒地嘆氣。

「我對細節一無所知。敗因是什麼呢？」

「敗因很明顯喲，就是我的無能。」

一之瀨沒有說是對手的錯，或是同學的責任。

她毫不猶豫地回答，彷彿理所當然只有指揮塔的自己才是一切原因。

「雖然我沒有直接看著考試，但我很難想像妳會犯下重大失誤。」

「妳太抬舉我嘍，當時我真的是恐慌連連……」

面對誇獎她的堀北，一之瀨謙虛地否認。

不對，實際上她當時很恐慌，這點應該不會有錯。

從龍園登場時開始，我就看得出她的焦躁。那些情緒還拖到了考試中嗎？

「我片面斷定指揮塔就是金田同學。就是那件事、那件事實，最先讓一切亂套的。」

「這也難怪，他一度從班級領袖退位。再說，沒有保護點數的學生不會當上指揮塔——除了龍園同學之外，大家都這麼想。」

沒錯，就連我和坂柳都完全沒料到龍園會出場。

從對手一之瀨來看，要她別驚訝才是強人所難。

輸了就會退學——辦得到這種捨身戰鬥的人，除了龍園別無他人。

「我到最後都無法重整情緒，有責任的這點是不會改變的喔。」

以為會對上金田，結果出現的卻是龍園。

雖然是別人的事情，但這狀況也讓人同情。

指揮塔能做的很有限。

但在那場可以自由交談的考試上，龍園應該還是徹底地以話術把一之瀨逼入了絕境。

「聽說綾小路同學你們對上A班，打了精彩的一戰呢。」

一之瀨把話鋒轉回來似的誇獎我們。

這裡會出現一個問題，就是我跟一之瀨說希望和A班戰鬥的那件事。堀北不知道這個事實。

堀北指示我要跟D班戰鬥，而我在抽籤上輸掉，結果才會變得無法實現。

根據對話的推進方式，如果出現矛盾，事情就會有點棘手。

如果事先和一之瀨商量，她很容易就會往好的方向想，但這邊棘手的是我把希望和A班戰鬥的人設定成堀北。

一之瀨覺得我們是在堀北的指示下希望與A班戰鬥。

堀北覺得我們是抽籤輸掉，無可奈何才要和A班戰鬥。

目前是雙方都還沒發現真相的階段。

我也不是不能維持不讓她們發現，強行推進話題。

換作是平時的我，一定會做完事前的協調。

或是為了熬過緊急狀況，不被她們發現地周旋。

這是個應該稍微深思熟慮的地方，但我還是刻意決定忍痛犧牲自己。

到這個時間點，都沒有拿出任何辦法的理由——

就是為了確認堀北成長到什麼地步。

「輸了就是輸了。明明還特地拜託妳把跟A班戰鬥的權利讓給我們呢。假如是B班跟A班戰鬥，結果說不定就會不一樣。」

堀北聽見我若無其事的一句話，一瞬間只將眼神瞥了過來。

當然，這視線帶有的含意，根本用不著思考。

就是「指名要跟A班戰鬥，是怎麼回事？」的視線。

但因為我說得很順，因此堀北在此也就順著話題。

這一瞬間的眼神自然又短暫，甚至沒有讓一之瀨懷疑的空間。

這就是她在聽見的瞬間就掌握不該現在提及這內容的證據。

若是過去的堀北，就會說「剛才那是怎麼回事」，然後也會帶給一之瀨疑問。

即使不至於那樣，應該也會灌輸給一之瀨奇怪的動搖。

她的理解力和判斷力都有不少提昇，不對，應該說是思緒開始清晰了嗎？

堀北透過在這邊忍耐，只讓一之瀨留下「果然是堀北決定的」的事實。

可以對別班削弱我的存在感。

「都是因為我的請求，才害得一之瀨同學你們被迫進行辛苦的戰鬥。」

堀北配合我強硬的步調向一之瀨謝罪。

「那是我自己的責任，不是堀北同學該道歉的喲。」

容易暴露出契合度很差的與D班的那場戰鬥，結果上是B班兩勝五敗。

因此，B班一口氣失去了班級點數。

「因為這全是假設性的話題。說起來，在抽籤上獲勝的是D班的金田同學，然後是他指名了B班，所以這點不是問題。」

只看結果論的話，的確會是這樣。

就算我沒有事先講好，B班對上D班的戰鬥也是免不了的。

「這不是堀北同學你們該在意的事情，是我……是我應該更確實地構思可以獲勝的戰略去挑戰。我正在深深反省這件事。」

雖然是很正面積極的發言，但她的心情能轉換到什麼程度，又是另一回事。

「如果妳願意的話，能不能告訴我當時是什麼項目、以什麼方式戰鬥？雖然說是交換情報有點怪，但我當然也會把我們的狀況詳細地告訴妳。」

若是傳言的程度，堀北應該也聽說了。

但具體上指揮塔之間發生的事，只有當事人才會知道。

一之瀨對這項提議點頭。

一之瀨等人挑選的項目、龍園等人挑選的項目。

以什麼順序選到什麼項目、龍園發動的手段。

以及贏在哪裡、輸在哪裡——一之瀨包括輸掉的理由在內都毫無隱瞞地全盤托出。

龍園他們現在的D班，把所有項目都集中在格鬥技類型，並採用淘汰賽的方式。

對B班而言，這是相當致命的項目。

「應該說真不愧是他們嗎？真是使出了自己能利用的戰鬥方式呢。」

「大概連我們都無法對抗。」

「是啊……可以確實拿下勝利的男生大概就只有須藤同學吧——不，假如對手是山田同學，這也沒有絕對的保證。」

再怎麼說，堀北也不會說出「要是高圓寺拿出實力，也能算入」。

女生方面也是除了堀北，其他人能對抗到什麼程度都很難說。

「若是龍園的戰鬥方式，甚至還會贏過A班呢。」

「這點我同意。」

完全的籤運——只要運氣稍微偏向龍園，不論是什麼班級，他都可能贏過。

即使如此，綜合上勝率最高的還是以B班為對手的時候。

這就是他們從一開始就徹底盯上B班的證據。

「可是，B班挑選的項目明明就比較多，卻輸掉兩項的理由會是什麼呢？」

龍園的戰略確實很強力，但這也是如果有掌握到籤運的狀況。

從B班的項目被選出四個來看，一之瀨也有一定的勝算。

「……嗯。」

堀北仍一無所知。在這場面上，我當然也是以毫不知情的前提傾聽。

聽她說明龍園發動的戰略是什麼內容。

他沒有對學生們做出什麼，而是四處尾隨，不斷給予精神上的痛苦。並且強行接觸，施加壓力。

然後當天好幾名學生就因為突如其來的身體不適，沒辦法發揮實力。

但一之瀨說到最後，卻這麼補充：

「我輸掉自己挑的擅長項目，無法做出臨機應變的應對，這是指揮塔的失誤。」

她清楚地表示不是龍園的錯，而是自己的責任。

「好幾個人肚子痛，精神上也很不沉著……」

堀北當然也知道這是龍園使出的戰略。

「我認為這一定是龍園同學的陷阱。我向身體不適的同學問話調查，後來聽說他們考前在卡拉ＯＫ被石崎同學他們糾纏過。」

卡拉ＯＫ嗎？是少數學生可以不受監視的地點。

他們在那時耍了某些詭計並且下藥。真是使出了風險相當高的手段。

「雖然知道不可能成功，但還是應該要跟校方控訴吧？」

考試結束之後，已經經過一個星期。學生們的食物和飲料之類的，當然都已經被處理掉了吧。就算找到在藥局買藥的形跡，有沒有實際用在Ｂ班學生們身上，也會變成雙方各執一詞。

「發起控訴不是壞事，就算這次沒有結果，也會變成下回的牽制。如果他們反覆地胡鬧，校方的判斷當然也會變得嚴格。」

這若是事實，就會是很嚴重的事，學校應該也有可能會出面做出對策。

「可能吧。但不管怎麼樣，我在這次的事情上都不打算做任何報告。」

一之瀨拒絕這項提議。考試結束後的一個星期。這段期間，她應該被同學建言過好幾次要控訴。即使如此她仍不行動，所以這也理所當然吧。

「為什麼？徹底忍氣吞聲也沒關係嗎？如果他們有一些漏看的疏失，這可是連考試結果都可能扭轉的重大事件。」

堀北表示證據不一定絕對不會出現。

視情況而定，受到停學以上的處置也有可能。

時間過得越久，控訴就會變得更加困難。

「只要妳願意，我也會幫忙。」

如果是堀北，就絕對不會忍氣吞聲。正因如此，她才會強烈地向一之瀨提議。

「謝謝妳，堀北同學。但是，我可能還是不會去控訴。目前也沒有確鑿的證據，再說……我想把這次的事情當作嚴厲的教訓。」

「教訓？什麼意思？」

面對堀北的說服，一之瀨也沒有點頭答應。

「我認為自己的運氣很好。」

一之瀨到剛才都一臉消沉，現在眼神已稍微恢復了活力。

就像是快壞掉的引擎，正試圖發動似的掙扎著。

「假如像這次考試是在二年級結尾，或三年級的重要時刻發生，我們就不知道會被逼入何等窘境。可是，現在的話就還沒問題。」

一之瀨大力點頭，以強而有力的眼神看著我們。

知道她的這份閃耀只存在這個瞬間的，恐怕就只有我。

「我決定讓全班一起沉重地接受這次的敗北，然後活用在下一次。」

「是嗎？既然如此，我這個別班的外人就不需要多嘴了呢。」

「是啊。」

這場面上，B班對上D班的討論暫且迎來了結束。

聽完一之瀨對上龍園的考試內容，這次則輪到了我們。

堀北觀察我似的一度用眼神示意。

由當指揮塔的你來說吧？——是這樣的確認。

我作為指揮塔，就像一之瀨那樣，將項目與結果報告出來。

雖然那些都是無害且淡然的內容。

以什麼項目戰鬥、什麼方式獲勝、什麼方式敗北。

諸如我在快速心算上有回答最後一題之類的，我當然不會多說。

「雖然有聽說結果，但這真是一場很好的比賽呢。」

「話雖如此，拖到後面的第七個項目，也因為西洋棋能力不如坂柳而敗北，大概就是這樣。」

有關西洋棋，那是一種遊戲。只要先說原本就是我很有自信的項目，就不會被追究那麼深入。最重要的是既然我輸給坂柳，就會止於「反正就是這樣」的狀態。

「唯一的好素材……雖然能不能這麼說還滿微妙的，但扣三十點就解決真是不幸中的大幸呢，畢竟我們也不能繼續被前段班拉開距離。」

「堀北同學你們很紮實地在加強能力，我們也不能大意呢。」

一之瀨預測不久的將來，我們會成為競爭對手，而坦率地這麼稱讚。

「是啊，我們班會變強的。」

看見有這份自信的堀北的發言、眼神，一之瀨也輕輕地點頭。

「我在今天的討論上有話想先告訴一之瀨同學妳，可以嗎？」

「嗯。」

這邊開始是下半場戰鬥。是真正的討論。

不是一之瀨，而是堀北主動開口。

「老實說，我想請妳讓我撤除下個年度開始的合作關係。」

堀北的這項提案不會讓人意想不到，而是一之瀨也做好覺悟的事情。

「我就在想妳大概會這麼提議。」

「我們在一年級最後的考試上輸給A班，將會掉下D班。雖然只看順位的話一樣都是敗北，但內容上絕對沒有輸他們。不對，倒不如說，我認為還拉近了差距。」

「是啊，考慮到你們一度變成零點，這一年增加最多班級點數的就是堀北同學你們班。再說，那還是對上A班的三勝四敗的毫釐之差……」

雖然只要計算就會輕易知道，但一之瀨也有發現這件事實。

數字結果的微小差距當然不用說，而且誰會勝出都不足為奇。

儘管月城的妨礙才是決定性的一擊，但我們可說是非常有機會勝利。

「可是，我們還是可以好好維持關係吧？」

面對堀北，一之瀨沒有立刻欣然答應撤銷。

「例如說，像是在班級點數拉得更近的時候再討論。」

「這提議很令人感激呢。不過，我還是認為合作關係不該繼續。」

要讓合作關係穩定地成立，需要兩個條件。

一個是班級點數的差距大得難以填補。

一個是站在合作關係上位的班級很安定。

去年五月的時間點，我們有六百五十點的差距，而B班整年的推移都維持著穩定的點數。就是因為這樣，所以就算跟苦戰的我們班聯手也不會產生麻煩。

可是，目前的狀態是兩者皆無。我們班在這整年獲得了三百點以上，反而是B班以數字下降告終。大幅拉近了差距。

總之，兩項條件的任何一方都沒有滿足。

「我在下個年度想要把變成B班以上當作確實的目標，而為了追上A班，我打算把點數也納入考慮範圍。」

面對立下強大目標的堀北，一之瀨表現出動搖。

「……這樣，說得也是。」

總之，這也代表她要打敗眼前一之瀨率領的B班。

這麼一來，當然就不能說什麼合作關係了。

這是她判斷半吊子的關係完全會是累贅，才提出的拒絕。

「沒有異議吧，綾小路同學？」

「嗯，我當然會順著妳。這是為了升上A班所做出的正確判斷。」

被堀北詢問的我也點頭同意。這個判斷沒有錯。

一之瀨閉上雙眼，大口吐氣。

「我很感謝一之瀨同學妳向我們提議合作關係，但……就算會被妳記恨，今後我們也都是敵人了。」

一之瀨靜靜接受堀北的這種決心。

「我才不會恨妳呢，之前只是原本互為敵人的我們暫時休兵。我才是抱著許多感謝。」

慢慢睜開雙眼的一之瀨，當然沒有露出怨恨堀北或我的眼神。

「我們從二年級開始，就是明確的敵人了呢。」

「嗯。」

一之瀨伸出手，而堀北強而有力地回握。

堀北的腦中應該也有一定的計算——B班的強處，以及弱點。

怎麼做才能打倒他們。

而一之瀨大概也同樣在觀察我們班的戰力。

該怎麼制住我們——接下來她必須思考這點。

就這樣，我們簡短的對話宣告結束。

四月起，和B班的正式戰鬥也將會拉開序幕。

2

雖然解散了，但一之瀨說她還要再留一會兒。

戰敗，以及撤銷合作關係——她應該想要先整理腦中的各種思緒。

所以，我們打算先行回去。不久之後就抵達樓梯，然後走了下去。

「等一下。」

從櫸樹購物中心的咖啡廳回家的路上，堀北從身後叫住我。

對於打算回過頭的我，堀北這麼說，阻止了我：

「我希望你就這樣不要回過頭地聽我說。」

我接受了她的要求。

面對這認真的語氣，我表示同意，決定不回過頭。

「怎麼了?突然這麼說。」

「『怎麼了，突然這麼說』？你應該有事要先跟我道歉吧？」

背後傳來生氣的聲音。

「我不知道妳在指什麼耶。」

即使如此，我還是打算佯裝不知，堀北毫不猶豫地提出正題。

「你為了可以和Ａ班戰鬥，而先跟Ｂ班的一之瀨同學講好了，對吧？」

「妳是指那件事啊？」

「要是我沒有配合，不是就會很棘手嗎？」

「妳不是沒有問題地配合了嗎？」

「這——因為我覺得會造成多餘的事端。你可以解釋嗎？」

「一之瀨也說了吧？是金田贏了抽籤，並且決定要跟Ｂ班戰鬥。總之，就算我在暗中做了什麼，結果也不會改變。」

「我問的是你為什麼要自作主張決定和Ａ班戰鬥。」

「因為我判斷可以獲勝的可能性最高。」

「我覺得再怎麼想，和金田同學和龍園同學的班級戰鬥都會比較好。」

「我們也有很大的可能性像Ｂ班一樣被打敗。行得通的就只有須藤和妳吧？」

「那是結果論。當時毫無疑問應該和Ｄ班一戰。」

我從聲音的距離感，知道她往我這邊靠來一步。

但她還是沒有把距離拉得很近。

「我講的有錯嗎？」

「沒有，和A班戰鬥確實有最大的壞處，這點我無法否定。」

「你無視我的忠告，現在我就先擱著。但為什麼是A班？」

就算我私自決定，但唯有這點，她應該都無法接受。

「妳覺得是為什麼呢？妳知道我為什麼要事前做這種安排嗎？」

我試著反問。這是她不可能會得出答案的提問。

不知道我和坂柳的關係、White Room因果的人物，是解不開這個問題的。

「如果用可以推理的條件去想……就要以你說的『獲勝的可能性最高』去推導答案。既然這樣，為什麼非得把B班、D班排除在外呢？首先，B班是毫無問題可以排除的呢。」

就算不用特地事先講好，我們和B班都有協定的關係。

一之瀨不惜打破那個協定來戰鬥的可能性很低，就算這麼判斷也不足為奇。

「問題是D班。通常的話，那是會毫不猶豫選擇的對手……但實際上戰鬥過的B班就嚐了大敗仗，因為龍園同學的奇策非常適用於B班。要是我們也被拖到相同的環境，不知道比賽會變得怎麼樣。」

不分軒輊——或者，我們也無法徹底排除會很不利的可能性。

「每個人都以為D班是輕鬆的對手，就因為這樣，你才會感受到了那股詭異感。」

這恐怕就是她最多能導出的推理。

「你預料到龍園會出場，或是他們會挑選的項目嗎？」

「心底是覺得有可能，所以才打算把B班當作犧牲品。」

「就算你說的都是真的，也應該找我商量。」

「是啊。」

我接受這點，不予否定。

這算不上我單獨行動的好理由。

「可是——這真的就是理由了嗎？」

「怎麼說？」

「你在班級投票上從A班那裡拿到很多選票，變成了第一名，得到了保護點數。作為賭上退學的指揮塔，而要和A班戰鬥，但這只是巧合嗎？簡直……就像是你跟坂柳同學串通好的一樣……」

她剛才的那番話，也含有單純的碰巧。可是，她還是開始發現我跟坂柳的關係以及背景了。

「好吧……這種事實在很胡鬧。最重要的是，連確鑿的證據也沒有，你就忘掉這些話吧。」

堀北這麼說，撤回自己的發言。

「我想再次問問你的想法。現在，你打算升上A班吧？」

「我剛才這麼說過了吧？」

「嗯。可是，我不知道你是不是真心的。從一開始入學到最近，就我所認識的你，你對於班級的晉升極為消極。」

「人都會成長。妳也是從入學到現在有了判若兩人的成長，跟這是一樣的。」

我確實開始有了以前段班為目標的想法，但也怪不得她會懷疑能不能信任。尤其是我對堀北並非很配合。

如果站在對方的立場，就算她覺得我是個詭異存在也無可奈何。

「是啊，人都會成長……看法也會改變呢。」

堀北應該抱著一定的不滿，但還是有點硬是讓自己認同。

然而，這次的話題似乎不會就此打住。

「我們班成長了，也有正在確實變強的感覺，但這樣還不夠。為了升上A班，你的合作會是不可或缺的。」

「也就是說？」

「至今為止，你的課業和運動都放水只做一半。如果是在平均的位置上，確實不會扯後腿，可是這樣也算不上是貢獻。」

這些話真是刺耳。就可見的貢獻度上，我的確幾乎沒有得到成果。

「你能解開那些束縛了嗎？今後不論是什麼事，我都希望你全力以赴。這也應該才是你打算升上A班的證明。」

這不是威脅或請求之類的發言。

這些話為的是觀察我的態度。雖然有些刺人的部分，當然算是附贈的。

「我拒絕。」

「果不其然。」

與其說是傻眼，她早知道似的冷笑一聲。

「你只是在空談，根本沒打算為了升上A班而合作。」

「至少現狀下沒錯。」

我對堀北你一言我一語地回嘴。

我剛才說的話帶有什麼意義，她在處理上將會花上一點時間。

「……咦？現狀下？」

她以為絕對無法讓我合作。

可是，我認為現在就算有一定的讓步也沒關係。

「我也有累積了一年的狀況。春假結束就突然全力以赴，何止是同班同學，整個學年……不對，全校都會傳起謠言。我想盡量避免這點。」

「我認同你很優秀，但你對自己的評價還真高啊。暫時只鎖定在課業上談的話，就算只是同學，也有我跟幸村同學在，別班則是有一之瀨同學跟坂柳同學。名列前茅的學生可是很多的呢。你能在那裡跟他們並駕齊驅嗎？」

堀北傻眼地表示：這不是你可以突然擠進去的事情。

「在反差的意義上，你確實會暫時顯得很招搖，但就結果上來說，你落在年級的前百分之十到二十的位置，大家不是很快就會適應了嗎？短期內成績有戲劇性成長的學生並不罕見。」

堀北的想法似乎止於這種結論。

如果她看待我的標準是正確的，就確實會這麼了結。

可是，既然不正確，就不會結束。

「抱歉，堀北，我認為現狀是同年級裡沒人是我的對手。」

雖然還是要排除有成長空間的學生，以及因為不認真而無法讓本領發揮的學生。

「……你還真敢說呢，直言不諱到讓令人傻眼。」

堀北無法接受，反駁道：

「就算我哥對你評價很高，這也不成任何證明。你還是無法明確地對我表現出自己有多麼厲害。」

「截至目前還不夠嗎？」

「你有證據在課業上自己才是第一名嗎？不對，課業以外的也好。你要讓我認同你的妄語，就需要什麼都會贏的實力。雖然那頂多就是一個項目，但你還是在西洋棋上輸給了坂柳同學。當然，我承認那是水準高得難以置信的競賽。可是，輸了就是輸了。這樣你還敢說同年級裡不存在對手啊？」

「要怎麼理解都是妳的自由，堀北。畢竟我的發言也可能是單純的虛張聲勢。」

「到頭來，你不是就像這樣逃避了嗎？你只是個不認真的騙子。」

「既然這樣，把這個烙印強加給我，妳就能心滿意足了嗎？」

面對這句回嘴，堀北陷入沉默。

如果她會因為發洩積怨而滿足，這件事情也只會就這樣結束。

我打算下樓梯，而向前邁出一步。

「——讓我測試看看。」

她語氣強硬地回話。

「測試什麼？」

「測試你真正的實力。雖然我對你的聰明、運動神經優異有一定了解，但還是很不清楚，就像在抓一朵雲似的。你的實力依然非常不明確。」

意思就是說，她想要以自己的那把尺來量測嗎？

「我想知道你的實力是不是值得隱瞞的東西。」

「妳有自信自己是正確的標準嗎？」

「我有自信在筆試上考到比你還高的成績，認真戰鬥的話，也有自信能在打架上贏過你。」

這一年，堀北在考試上確實理所當然般地一直都在我的前面。

就算腳程快跟肌力是男人有利，但若是需要穿插技術的戰鬥，就會是她有利——我也知道她想這麼說的心情。事實上，堀北在身體狀況差的情況下，即使對上伊吹，她也是展開了一場精采的比賽。

再說，她應該也有看到一開始入學，我跟她哥稍微起過糾紛的情景。

把那些加進去考量，她才會有自信地斷言可以贏過我。

「既然這樣，妳要怎麼測試？」

「方法要多少是多少，在我或你房間也可以進行筆試比賽。」

叫我別回過頭，也是為了要避免與我有聲音以外的討價還價空間。就算只是對上眼神也會被看出各式各樣的情感。她判斷這會對她不利。所以才站在那個位置上。

她很提防我，就是不想跟我打心理戰。

「我可以接受，但話都是妳單方面在說，我沒有好處。」

「得失問題嗎？你隱瞞實力，而且被我握著那項祕密，如果你在這邊不接受，我也是可以強制性地抖出，然後硬是把你拖出來喔。你最近本來就是受到諸多注目的焦點人物，應該無法完全敷衍過去了吧？」

這就威脅來說也太無力了。想到今後會變得很不利，堀北不管怎樣都不可能洩漏。

不過，考慮到堀北的成長，說不定這裡就是我得妥協的界線呢。

面對我的長時間思考，堀北也靜靜地等待答案。

「那就這樣吧，我們在四月以後的筆試事先決定一科，然後比賽誰考得比較高分。這樣就算我考了一百分，說是因為只有拚命念一個科目，藉口也可以成立。」

如果其他科目都考得不高，這應該是相當行得通的藉口。

「以測驗實力而言有點弱……先不論這點，正式場合上的戰鬥沒關係嗎？」

「我也必須先想好到時候輸給妳的事情呢。萬一我以後所有科目都要拿高分，我也會想要事先做好布置。」

「好，我會接受你的提議，但決定對決科目的方式要怎麼做？」

「妳可以隨意挑選，時機當然也都交給妳。正式考試當天的考前再告訴我對決科目是什麼也無所謂。」

「原來如此……不事前告知，你要贏的話，平時毫無遺漏地念書就會是最低的條件。意思就是說，只憑一個科目也可以推測一定的實力。」

這樣的話，堀北應該也能在一定的程度上接受。

「如果我贏的話，到時候我就會判斷你的實力沒那麼強，並且今後都要請你對任何事情全力以赴，這樣可以吧？」

「好，不過，要是我贏的話，我就要請妳聽聽我的一個請求。」

「是啊，單方面要求會很不公平呢。你的願望是什麼？」

「不知道耶，我會先思考要決定成什麼。」

「……你這樣不是很卑鄙嗎？我要是在這邊爽快地答應，即使很胡鬧的要求，我也會不得不接受。」

「妳已經在擔心輸掉時的事啦。我還以為妳是在更強勢的前提之下這麼提議的呢。」

「真敢說……」

「妳可以不用勉強喔，如果沒信心，我也可以把這場比賽本身當作沒發生。」

被這麼說的話，堀北當然就會沒辦法退出。

「好，要是我輸了，我什麼條件都會接受。這樣可以嗎？」

「這樣就夠了，那就說定了。」

就這樣，四月後最近的一場考試上，我和堀北就確定要筆試對決了。

堀北向前邁步，站在我的隔壁。

然後先行下樓。

「我很期待呢，直接跟你對決。」

堀北當然會採取萬全的對策來挑戰考試。

不過，我只要一如往常地應考就好了。

我就這樣站在原地，目送堅定決心的堀北，直到看不見她的背影為止。

「好啦，我接下來要怎麼做呢？」

原本一開始是打算直接回去，但我稍微改變了主意。

我有點在意一之瀨的狀況。

雖然她叫我們先回去，不過她現在自己一個人在想些什麼呢？在我想著這種事的時候，就發現某個男人正在看著我。

似乎不是碰巧對上眼神的。

我就像是受到那個眼神的邀請，下了樓梯。

3

同日，上午十一點半過後。

櫸樹購物中心二樓的男廁。

有兩個男人在那裡站著聊天。

一人是一度走下領袖之座，又再度回到舞台上的龍園翔。

另一人，則是這一年都一直維持班級地位的A班學生——橋本正義。

他們不是碰巧聚在一起，而是橋本主動聯絡，刻意挑在沒有人煙的這個地方。

「所以？你把我叫到這種地方，是打算說什麼詭計嗎？」

「講詭計還真難聽，我只是想要為這一年做個總結呢。」

橋本像這樣擺出有點裝模作樣的態度。

龍園不討厭這個平常就散發讓人捉摸不定氣質的男人。

不過，同時也不覺得喜歡。

石崎和伊吹那種體力笨蛋還比較好懂，更可以讓人有好感。

橋本當然也不信任龍園，也不認為自己有受到信任。

這只是利害一致期間的關係。

不過，他們兩人當然也知道這有時會是很強韌的羈絆。

「你在學年末的考試上，似乎把B班打得七零八落，我可以當作是你完全復活了嗎？」

「唉，不知道耶。可能只是我一時興起。」

龍園沒有認真回答，而是雙手抱胸露出笑容。

「一時興起？如果是這樣，那可就沒有比這還要可怕的一時興起。如果因為你的一時興起，連A班都被盯上的話，那可是會讓人很吃不消呢。」

「要跟你戰鬥就免了。」橋本舉白旗似的，一度輕輕地舉起雙手。

「你就這麼好奇我的動向嗎？」

「一度退到後面的你，又往前走了過來，不好奇才奇怪吧？」

通常都會比別人還要更在意，可能會變成自己障礙的人物的動向。

「你是接到坂柳的指示才來偵查的嗎？」

「很遺憾，這不是我能輕易回答的問題。」

橋本讓回答很曖昧不清，但龍園很清楚這不可能是在坂柳的指示下追查。龍園在這個前提下刻意提出坂柳的名字，試探橋本的情況。

「所以呢？你今後打算怎麼做？」

「我還能怎麼做啊。」

龍園冷笑一聲，就往橋本靠過去。

橋本有點僵住身體，他做好以防萬一的防禦與心理準備。

雖然說這裡是他自己挑的地方，但地點還是人煙稀少的廁所。萬一發生什麼事情的時候，沒有監視器可以保障自己的人身安全。他腦中掠過了應該先用手機錄音或錄影，但這件事露餡時，他和龍園之間的關係恐怕也會破裂。

「你可不要輕鬆地以為，當雙重間諜聰明地周旋就能贏喔。」

他一臉笑容所施加的壓力，跟普通人的有著巨大的差異。

「哈，真金不怕火煉。你還真是魄力滿分耶。」

橋本覺得有點焦急，但也同時感受到了喜悅。

A班堅若磐石。不過，根據坂柳的心血來潮，他們也會往上或往下變動。

當他們往下變動時，勝出的十之八九會是龍園的班級。

先在那裡占位是理所當然的判斷。

正因如此，橋本才會說出了應該先否認的要點。

「抱歉啊，龍園，我不打算只在兩個班級周旋。」

「呵呵，這是什麼意思？」

「雖然有點早——」

橋本拿出手機，特地展示給龍園看一次。

他一邊證明自己沒在錄音，一邊開始打電話給某處。

答鈴聲很短暫。

龍園馬上就看透對方也在等待橋本來電。

「來吧，就如我事先告訴你的地方。」

他這麼簡短地傳達，就結束了通話。

「你覺得會是誰呢，龍園？」

「誰知道？」

「是綾小路喔。」

「綾小路？啊——我有一瞬間還以為會是誰。」

面對橋本說出的名字，龍園也不慌不忙。

要是出奇不意地提出，就可以撿到某些資訊，橋本這麼預測的計畫落空了。

可是，他糾纏不休地追趕，認為要放棄還太早。

「我在這時叫來綾小路的理由，你沒有頭緒嗎？」

「沒有耶。」

明確斷言的龍園立刻這麼接著說：

「被叫來這裡的真的是那傢伙嗎？我不覺得是這樣耶。」

橋本以為自己先發制人，結果卻輕易地被反擊。

「……真是的，半吊子的謊言似乎行不通嗎？」

橋本很期待藉著提出綾小路的名字，龍園會有跟平常不一樣的反應。

不過，龍園卻表現出就連說出小人物的名字都嫌煩的態度。

「你在嘮叨什麼啊？有什麼內幕嗎，橋本？」

對綾小路很掛心的橋本，反而被龍園懷疑是不是有什麼內幕。

這裡也看不出演技。

可是，橋本還是沒有徹底洗刷對於綾小路與龍園的不信任感。

因為他難以想像裝成國王的龍園，對上石崎他們會輕易地退下。

從坂柳一連串的行動來看，綾小路的影子也若隱若現。

再有個什麼情報，那些就會轉為確信。

「我叫來這裡的——」

二樓的廁所有腳步聲接近而來。

一名男學生現身。

「啊？你還真是叫來了很有意思的傢伙耶，橋本。」

出現在龍園跟橋本面前的，是一年B班的神崎隆二。

平常感覺不會打交道的三人聚集在一起。

「他說無論如何都想拜見你一面呢，所以才由我來當中間橋梁。」

「所以呢？你的回報是什麼？」

「這還用說嗎？就是B班的連結啊。」

「坂柳對抗一之瀨，代表彼此是敵人。你覺得神崎會接受嗎？」

「他會接受的啦。對吧，神崎？」

「我不信任你，橋本。不過，我認為你有利用價值。」

「他這麼說呢。」

橋本彰顯只要利害關係一致，那他也會跟神崎聯手。

橋本嘿嘿傻笑，同時把手擺在神崎的肩膀上。

「你就聽聽這傢伙要說的話吧——為了我。」

「原來如此啊，不打算只在兩個班級周旋，指的就是這件事嗎？」

橋本截至目前，都只對龍園的班級感興趣。

不過，因為龍園一度往後退，讓他往拓展視野的方向做了切換。

「是啊，而且我接下來也打算在綾小路的班級播種呢。」

橋本宣言——不管是哪個班級勝出，他都要採取行動讓自己獲得援助。

不過，龍園的興趣已經不在橋本身上，而是轉移到了神崎。

「你應該有不會讓我感到無趣的話題吧？」

「我不知道你在期待什麼，但我沒有任何能夠取悅你的素材。」

神崎面對龍園，也毫不懼怕地繼續說下去。

他來到這裡，是為了把自己的話先說出來。

「學年末的考試——我只是想要針對當時的事情說點話。」

「你是要把慘敗的感想說給我聽嗎？」

「抱歉，龍園，我不認為我們輸給了你。」

橋本對這番強勢的發言吹了聲口哨。

「你只是以骯髒戰略強行抓到勝利，你可別忘記這點。」

並非無法理解神崎為什麼會這麼說。因為他很有自信，若是以正攻法戰鬥，他們就可以交鋒到超出勢均力敵的程度。那是因為龍園的卑劣戰略而被奪走的一場勝利。

「無聊。你就為了說這種話，才特地現身嗎？」

從龍園的角度來看，根本就沒有什麼乾淨或骯髒。

勝利就是勝利，神崎的敗北是絕對不會改變的結果。

「說到底，你說的骯髒戰略又是什麼？是指我當上指揮塔嗎？」

「別裝蒜了。考試當天學生的腹痛，以及針對部分學生的精神攻擊。我是在說這些事。」

橋本沒有掌握到考試內容的細節，而覺得很有意思地拍手。

「怪不得你會想要生氣呢。做得還真是浮誇啊，龍園。」

「我要先告訴你，今後這類卑劣行為在B班都一律行不通了。」

「呵呵，難道你認為一之瀨防得住嗎？還是你打算跟學校哭訴？」

「不，那沒辦法吧。」

神崎立刻否定，說明這不是濫好人一之瀨能夠設法解決的事。

「不然要由誰防禦？」

「由我來。」

面對毫不猶豫地斷言的神崎，龍園的腦中浮出兩股不相上下的想法。

心想這是單純的虛張聲勢嗎？還是——

「你身為一之瀨的隨從，又能做到什麼？」

龍園為了刺探這點而往前深入，為了找出神崎這番話的意圖。

「我這一年確實是擁立一之瀨，一直在她身邊輔佐。但這是因為一之瀨在入學的時間點，即使與別班的學生相比，她也算是個可以發揮優秀統率能力、團隊能力的人才。關於這點的信賴，我現在依然沒有動搖。不過，像是迴避危機狀況的能力，或是無法在緊急狀況發生時捨棄弱者，她也擁有這些重大缺點。」

「哦？什麼嘛，我還以為你只會說無聊話題，其實不是還滿有趣的嗎？想不到只會牽著手和睦做事的Ｂ班，會有擁有這種想法的傢伙耶。」

「不過——」龍園輕易地頂了回去。

「如果只是嘴上說說，那就不用了。只是空虛的咆哮，那狗也能辦到。」

「那就試試看啊。我會證明這件事。」

橋本只是為了製作Ｂ班的連結而幫助神崎，但他還是稍微修正了自己對神崎的評價。心想他或許比想像中還要能幹。

「好啊，如果你希望的話，下次我會更徹底地擊潰你們。」

「雖然不知道你打算使用什麼骯髒手段，不過我跟一之瀨不一樣，我不會輕易饒過你。如果你不喜歡在自己的領域上敗北，那就堂堂正正地戰鬥。」

「我會期待你們不是像大便一樣的班級。」

龍園笑著上廁所。

橋本也接連地站在他隔壁。

「很有意思吧？有什麼事的話，就再來找我商量吧，神崎。」

橋本對做完宣言大概會回去的神崎留下這句話。

但神崎也靠了過來，更是站在了橋本隔壁。

神崎的壓迫感籠罩全場，彷彿要對那兩人彰顯自己不落人後。

他上完廁所後，最後再度以強硬的口吻說：

「你給我好好記住，龍園。」

神崎留下這句話，就先行離開廁所。

「呵呵呵，真可怕真可怕。」

「你下次要用什麼手段把B班打到谷底呢？」

「誰知道呢。」

龍園這麼笑著糊弄，但這時他卻想起一件完全不一樣的事。

他想起在這場夾雜橋本與神崎的對談僅約一小時前發生的事。

4

我與一之瀨、堀北道別，正煩惱著要不要回去。這時就像被遇見的龍園引導似的，移動前往櫸樹購物中心裡人煙稀少的走道。

因為保有充分的距離，我們處在要是被人看見，也可以立即解散、假裝彼此毫無關係的位置。

「你是聽石崎說的嗎？我來櫸樹購物中心的事。」

「嗯，我是特地來見你的。」

他和石崎他們的討論大約一小時就結束，還是他中斷前來了呢？

不論如何，龍園的眼神似乎恢復得比以前更充滿氣勢。

「你也算是知道我的聯絡方式，聯絡我不就好了嗎？」

「我打算面對你那張無趣又嚴肅的表情直接告訴你。」

既然如此，我就在有限的時間內聽他說說吧。

「那個是什麼意思？」

所謂的「那個」，大概就是指日和轉達的話。我會用更高明的手段安全達到五勝以上——我拜託她這麼向龍園轉達的那些話，她似乎確實地完成了職責。

我本來就覺得，他若從日和那裡聽見轉達，一定會前來接觸。

「就是字面上的意思。如果是我的話，就會做得更好。」

「要使用什麼手段，都是我的自由。」

「我不希望你就這麼了事。因為你思慮不周而失敗，並離開這間學校的話，會讓人很寂寞呢。」

我很自然地就脫口說出這句話，但龍園似乎沒怎麼聽進去。

「呵呵，開什麼玩笑？你輸給坂柳，又低人一等，卻滿自以為是的耶。」

「我們班的確輸給了坂柳，既然我是指揮塔，就不能找藉口。你可以之後直接跟坂柳戰鬥，了解她有沒有比我優秀。」

「啥——別瞧不起我。」

龍園的笑容一度消失，並且和我拉近距離。

「你打敗過我，不可能會不如坂柳。」

看來他是帶著挑釁意味，故意說我的程度低人一等。

「我很感謝你的抬舉，但就算我在考試上沒有放水也一樣嗎？」

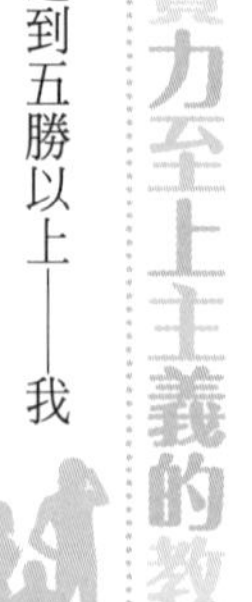

「抱歉，我不相信啊。與其說是你認真比而輸掉，倒不如說你從一開始就沒比賽的意思……或是你被捲入無可奈何的意外，可信度還比較高。說是校方為了顧及顏面而安排A班獲勝，還更能讓人相信。」

雖然這不是正確答案，但他還是超乎想像地戳中了要點。

會做出這種不得了的深入解讀，就算在這間學校裡，應該也就只有龍園了。

這是正因與我對峙過一次，才會有的絕對把握。

「然後呢？回歸後的你接下來要怎麼做，龍園？」

「別擅自斷定我回歸了，我打算再享受一下假期。」

龍園說正式參戰還久得很。

「不過……要是我休息膩了，到時就會擊潰一之瀨跟坂柳當作暖身。」

「你的心境變化還真大呢。」

「呵呵呵，的確。我對自己也很驚訝呢。對於你，我沒想過自己會這麼快就打算雪恥而內心澎湃。」

「原來是這樣。」

蛇正要從冬眠中甦醒。

這麼一來，B班和A班也都會變得無法無視龍園了呢。

就坂柳看來，這應該也是她所希望的，不過現狀大概是哪方獲勝都不奇怪。

「就我來說，你能先打敗一之瀨跟坂柳的話，也是正合我意。我就可以順利以上面為目標。」

因為如果我們要往上爬，他們能糾結成一團也會是很重要的部分。

「我還以為你對班級的狀態不感興趣耶。」

「現在有點不一樣。明年的這個時候，那個班級將會處在很高的位置。就算到時候我消失了也一樣。」

「啊？」

龍園對於「即使消失」的部分露出疑惑的表情。

「我接下來也可能轉為被人盯上的立場。那麼一來，就算經由某人的手被逼得退學，也不足為奇呢。對吧？」

只要月城有那個意思，也會出現很多我束手無策的事情。

假如他採取強硬的對策，應該也會發生我防不住的狀況。

當然，我也會四處周旋，讓他沒辦法輕易辦到。

「放心吧，要是有人能讓你退學，那也只會是我。」

這份強勢感，實在很有龍園的風格。

「只不過——」

眼前話說到一半的龍園，有一瞬間脫離了我的視野。

他急速往我拉近距離，並伸出左手臂瞄準我的臉部。

銳利的指尖毫不猶豫地瞄準眼球，我被迫做出應對。

「喝！」

他使出旋轉一圈的迴旋踢，右腳掠過了我的眼前，不過這是佯攻。

加入迴旋的左腳，才是真正的攻擊。

我更是避開這擊，並與龍園拉開了距離。

「哈，完全的突擊都能應對啊。你到底是什麼怪物啊？」

「你做得真誇張耶。」

雖說是學生的私事，但這間櫸樹購物中心裡的監視器數量也很多。

當然，只要學生不把這當作問題提出，應該不會因為一點小事就引起關注，但這也是只有龍園才做得出來的大膽攻擊。

「我的內心這麼告訴我呢——叫我把你給吃了。」

蛇就算正在冬眠，但還是憑著本能咬了上來。

「你不動手嗎？」

「我想避免在這裡跟你爭執的風險。再說，現在還不是時候。」

「哈，這就是強者的從容嗎？由你來說的話，就會很有真實感，真是教人不寒而慄。」

他的眼神就和以前一樣閃耀——不對，好像還更勝以往嗎？

這股氣勢讓人難以想像他有好幾個月都沉寂在水面下。

「你有潛能。正因如此，好好地更加有所成長吧，龍園。」

龍園似乎不喜歡我這種教誨般的說法，從我旁邊對牆壁搥了一拳。

「叫我好好地更加有所成長？你是何時變成我的老師了？」

「我只是陳述事實。奸詐的手段、卑鄙的手段、偶爾的犯罪行為。若是為了取勝的戰略，我覺得要做什麼都可以，可是不要輕易留下證據。」

「啊？」

「你好像跟石崎他們使用了瀉藥呢，下藥時利用卡拉ＯＫ包廂是不錯，但假設剩下的飲料、食物保留下來，你就完蛋了。這是無須多言，足以被退學的行為。就算這件事情被忽略，校方當然也會對考試中的可疑行徑抱著不信任感。一之瀨沒申訴，對你來說是不幸中的大幸。」

「對我來說，一之瀨的濫好人個性也在計算之中。」

「若是這樣，這就是個天真的計算。你永遠都無法超越我。」

「……真敢說。」

龍園再度與我拉近距離。

但沒有剛才那種要攻擊過來的跡象。

假如他是完美地消除跡象，要應對也不難……

「要不要聽進忠告是你的自由，不過——再這樣下去，連再次交戰都不會實現。」

他會怎麼接受敵人的雪中送炭？我可以藉此測量龍園的才智。

龍園為了靜下心，放下就這麼搥在牆上的拳頭。

「我就先聽進你這個像大便一樣的建議，不過，我早晚一定會擊潰你。」

「這股氣魄真是不錯啊，龍園。如果是被你擊敗而退學，那也不錯。」

龍園心裡很生氣，但似乎還是確實地吸收了我的話。

這下子，今後龍園想出的戰略應該就會變得更加精湛。

二年級開始的比賽，真的漸漸讓人無法想像。

是龍園會咬上坂柳而一口氣爬上A班嗎？還是坂柳會防下那些攻勢呢？

還是說，一之瀨會在這邊企圖以怒濤之勢捲土重來呢？

堀北又會如何進入他們三足鼎立之間？

應該很快就能看見與一年前不一樣的景色了。

5

那就是在這個廁所事件前發生過的事情。

龍園冷眼目送神崎後，便這麼說：

「回歸戰──雖然我對上B班華麗地大幹了一場，但確實還是有反省的空間。」

他承認這點。就算是為了打倒綾小路，他也必須承認應該承認的地方。

「真是值得欽佩，我以為你要使用骯髒手段才會有價值呢。你打算按照神崎所願，堂堂正正地戰鬥啊？」

「哈，誰這麼說過啦。」

「啊？」

「我是抓住了一之瀨的天真，並且盛大地幹了一場，但我在這件事上給人太多可乘之隙，所以才會像那樣有嘍囉過來囂張。」

「……原來是這樣。」

該反省的不是使用過卑鄙手段。

這是在針對那件事情的不嚴謹。

「下次我會更浮誇、更高明地摧毀他們。」

不論神崎打算說什麼，龍園在這個階段都不會全盤接受。

他認為如果神崎真的暗藏獠牙，是馬上就會知道的事情。

「表示這一年你也有了成長呢，龍園。幸好我有先建立你這個人脈。我也必須先把坂柳被吃下的可能性認真列入考量了呢。」

橋本虎視眈眈地也接近了B班。

為了不論最後哪個班級獲勝，自己都能在A班畢業。

6

中午過後，就開始下起每小時降雨量超過三十毫米的傾盆大雨。

我總覺得不想回去，就一直停留在櫸樹購物中心裡。

學校用地裡很方便，就算突然下雨，也幾乎不會增加歸途的困難。

因為學校有出租臨時雨傘給沒帶傘的學生。

只要在期限內歸還就免費，利用者絕對不算少。從早上就出門玩的學生們之中，也有人是一開始就一身輕裝，所以也沒傘。

話雖如此，今天有點類似是例外呢。下這麼大的雨，感覺就算撐傘也會毫不留情地被淋濕。

「今天的雨好像不會就這麼就停下來呢。」

要是就如氣象預報所說的那樣，聽說中午到明早都一直會是滂沱大雨。

我的手機有時會響起。每次綾小路組的群組都會從下雨的話題，聊到其他閒聊，而現在剛好在聊開始下雨的話題。

「該怎麼做呢？」

我沒打算參與聊天，決定先放著不要已讀。

我心不在焉地盯著畫面，就這樣看著群組裡的對話內容。

然後就想起什麼似的，來回好幾次凝視窗外的大雨。

沒有生產性地浪費時間。

偶爾有這種時候好像也不錯。

我沒有回去咖啡廳，而是隨意坐在一張長椅上，度過一段發呆的時光。

不過，這種事情，我也沒有重複長達好幾個小時。

聽著雨聲，大約經過二三十分鐘後，我就決定回去了。

我把學生證通過儀器，租借了雨傘。

下半身、膝蓋以下應該會淋得特別濕，但就算是這樣，應該也會比不撐傘還要好很多。

接下來我走到外面，決定往宿舍前進，卻看見一個認識的學生先到了出口——那是一之瀨。

在這場大雨中，她的手上沒有雨傘。

她還留在櫸樹購物中心啊。

好像也沒有跟朋友玩，是獨自一人。

她和我們分開後，說不定也在思考很多事情。

「她在整理思緒嗎？」

不過，從她的樣子看來，不像順利整理好的感覺。

如果連傘都不撐就回宿舍，當然會淋成落湯雞。

我有一瞬間以為她是不是在外面等朋友拿傘來，但似乎也不是這樣。

放著她不管也是種溫柔……但正因為這次是在B班被徹底打敗的考試後，我還是會有點在意。

我趕緊折回，再借了一把傘。

稍微晚一點走出外面，就發現一之瀨果然是抱著淋濕的覺悟往前走。

不是往宿舍的方向。

一之瀨往反方向的學校方向走去。

然後，她果然連傘都不撐。雨水不斷地打在身上。

雖然我也可以目送她——

我就這樣拿著傘，追上一之瀨。

雨聲很大，她好像聽不見我的腳步聲。

只是普通地出聲，她大概聽不見吧。

過了不久，一之瀨就抵達上學路途中可以看見校舍的地方。這場大雨中，周圍當然完全沒有別人的動靜。她開始在那裡仰望天空。

別說是討厭被雨淋濕，倒不如說是希望被淋濕的氛圍。

她現在正在想什麼、思考什麼呢？

要理解這點並不困難。

就這樣讓她淋到自己接受為止也不錯，但她一定會感冒。

要是感冒的話，心靈也會變脆弱。

對現在的一之瀨來說，應該會有點嚴苛。

「一直站在這種地方，可是會感冒的喔——」

我稍微提高音量叫了一之瀨，同時往她那邊靠過去。

「……綾小路同學。」

一之瀨應該沒想過身邊會有人在，她有點驚訝，往我這邊看了一眼。

「……嗯。」

但她只有簡單回應，沒有做任何動作的打算。

她不怕淋濕，再度仰望天空。

「你先回去，我現在想要再稍微淋一下雨。」

我靠近到能好好聽見聲音的距離後，一之瀨就這麼說。

「這樣啊。」

就稍微來說，這場大雨也太大了。

要是就這樣留下一之瀨，感覺就算過了一兩個小時，她都會一直淋著雨。

畢竟就算我嘗試說服，現在她也聽不進去吧。

既然這樣，要讓這結束，就只能使用一點強硬的手段。

對一之瀨有效的應對方法。

我把撐著的雨傘放下、收起。

雨水一眨眼就開始從我的頭髮滲到腳部。

「綾、綾小路同學？」

「我想說來陪陪妳。」

一之瀨當然無法無視這個奇怪的行動。

「為什麼……」

「偶爾也會想要毫無意義地淋雨呢。」

雖然這跟一之瀨有原因地淋雨很對比。

儘管有兩把雨傘，兩人還是漸漸淋得一身濕。

我有了不可思議的體驗。

「你會感冒喲。」

「這點妳也一樣呢。」

「我沒關係，倒不如說，因為我覺得要是可以稍微感冒就好了。」

原來如此。既然這樣，長時間淋這場冰冷的雨，或許就是最適合的答案。

「那我也這麼做吧。」

我這樣回答，一之瀨當然會很困惑。她絕對不會說：那我們就一起感冒吧。

「不行啦，綾小路同學，你最好回去喲，你連傘都有帶呀。」

「事到如今就算撐傘也幾乎沒意義了。」

連內褲都已經濕答答的了。

「唔——你還真是壞心眼呢。」

「抱歉啊。」

如果一之瀨不回去，那我也不回去。一之瀨對這種威脅屈服了。

「……我知道了，那就回去吧。」

「既然這樣——」

我傘撐到一半，然後就作罷了。

「反正都這樣了，就濕著回去吧。」

「哈哈，是啊。」

直接回去宿舍的話，也花不到幾分鐘。應該已經沒有多大的差別了。

我們兩人淋著雨，邁步而出。

我覺得保持沉默回去也不錯，但過了不久，一之瀨就嘆了口氣。

「我都只讓你看見沒用的模樣……真糗呢……」

「沒用的模樣嗎？可能確實是這樣吧。」

她前陣子被坂柳玩弄，也曾經有段時間迷失了自己。

「我明明就想在別人面前表現得更加堅強。這是為什麼呢？」

「人只會在可以信任的人面前表現出沒用的樣子。我是這麼想的啦。」

至少應該不會在討厭的人面前示弱。

就算是騙人的，也還是會表現出堅強的模樣，獨處之後才暴露出軟弱。

「我剛才有點自我感覺良好，妳就忘了說我剛才的話吧。」

「不……我覺得這大概是正確的。因為你是值得信任的人，所以我覺得自己才會不知不覺地說出洩氣話。可是……總覺得我脆弱時，你總是會在我身旁呢。」

「嗯，但這部分是巧合。」

「真的很抱歉。」

「妳不需要道歉，不僅如此，我還覺得不錯。讓其他學生知道的話，我應該會惹人生氣吧。」

一之瀨在整個學年裡也是人氣很旺的女生。

通常要是男生聽見，可會招人羨慕。

「妳願意的話，再多跟我說些洩氣話也沒關係。」

「這──」

一之瀨有點焦急地搖頭。

「不、不行啦，表現出這種脆弱的樣子很糗。」

就算說天氣開始變暖了，氣溫還是很低。

過了不久，我們就在沒人的大雨中抵達宿舍前方。

雖然來到再一下就要進入大廳的地方，但一之瀨卻再度停下腳步。

「我還是覺得……你先回去就好。」

「妳打算怎麼做？」

「我要再待一下——因為現在不想回房間。」

她這麼說，拒絕回去。

這是在比剛才還要強烈的意志下所做出的拒絕。

「即使如此，回去還是比較好。」

如果淋著雨，或許確實可以稍微解悶。

但不會連結到根本上的解決。

就算是面對一之瀨的抵抗，我也沒有同意。

「可是……我現在好像還是不想回去呢……」

「是嗎？那我也要留在這裡。」

我的態度強硬，一之瀨因此很驚訝與不知所措。

「獨自待在房間就會想很多，好像會很鬱悶……所以我不想回去。」

就算我就這樣淋著雨，一之瀨也不會再繼續往前走了吧。

既然這樣，就只能以其他方式往前走。

「不然，妳要來我的房間嗎？」

「咦？」

聽見這個始料未及的回答，一之瀨於是盯著我看。

「如果有聊天對象的話，就不會鬱悶了吧。」

「可是……我全身濕答答……」

「反正我也全身濕，沒什麼不同。如果妳說不回去，不管幾小時我都打算在這裡陪妳。」

「你還真是出乎意料地強硬呢。」

「或許吧。」

接著，我們兩人就這樣全身濕地走向宿舍。

這個時段碰巧沒有任何人在大廳裡，說不定算是好運吧。

我們兩人直接搭進電梯，前往我位在四樓的房間。

「進來吧。」

「真的沒關係嗎？」

「嗯。」

「……對不起啊，謝謝。」

我讓一之瀨進房就先請她坐下。冰冷的木地板應該會讓身體覺得更冷，就這樣穿著濕透的衣物無法說對身體好。至少為了不繼續冷下去，我把空調打開，接著拿出毛巾交給一之瀨。

「要不要試著好好聊一聊？」

「聊一聊？」

「現在妳在思考的事、煩惱的事——把一切都說出來。」

「這……可、可是不行啦。」

一之瀨為難地拒絕。

「我最近都在依賴你，你比任何人都給了我更多的幫助，繼續厚臉皮地說下去……實在是太糗了，我辦不到。」

一之瀨帆波是一個弱女子。

不過，她一直都擁有領袖的帥氣感。

這是當領袖勢必會被要求的技能。

為了讓人覺得「如果是這個人，要我跟隨也沒問題」所需之物。

是必須對跟在領袖之下的人們展現的特質。

「你已經夠了解我了。」

「我確實變得很了解妳了，可是，這也僅限於一之瀨帆波這個學生個人的事情。身為領袖引

領B班的煩惱，我還沒有深入了解。」

「如果連這種事都……」

一之瀨用毛巾藏住臉龐，沒辦法坦率。

彷彿像是拒絕讓我從表情中理解出什麼。

「妳沒辦法信任我嗎？」

「咦？」

一之瀨就這樣藏著臉，有所反應。

「如果是這樣，妳也可以不用勉強說出來。倒不如說，告訴別人才是個錯誤。」

「不是那樣的，我現在大概最信任的就是你……」

是真是假，在此都很微不足道。

反正我都一樣會對一之瀨說出後續的台詞。

「雖然很榮幸，但為什麼妳能這麼斷言呢？我可能只是打算利用妳的坦率。雖只有一知半解，但妳應該曾把自己的過去全部告訴坂柳了吧？就像是那個樣子。」

這是記憶猶新的事件。

自己國中時期曾經犯下，而且想當作祕密的過去。

雖說是為了妹妹，但她仍是做出了順手牽羊的行為——她將這件事告訴了身為敵人的A班坂柳。就算受到誘導，但她還是說出了就連對於獨一無二的摯友都無法輕易坦白的事情。

好人實在是當得太過頭。

「在連彼此的關係會怎麼樣都不知道的狀況下，通常是不會說出祕密的。」

如果那是故意為之的話，事情當然不一樣。

但一之瀨做的事情，真的沒有意義。

不對，就算知道自己會傷腦筋，她卻還是做出了那種事。

「所以，要是又變成相同的狀況，妳要怎麼辦？」

「再怎麼說，我啊，應該都不希望再有相同的體驗了呢。」

她這麼說完，就摸了摸濕透而閃爍光澤的瀏海前端。

「是嗎？那就好。如果妳有戒心，這就不是我該深究的事。」

「啊，不是的。我確實……不能再因為同樣的事情陷入危機，但你另當別論喔。」

「我也跟妳不同班，一樣都是妳的敵人吧？」

「真不想輕易地說出你是我的敵人呢。」

「就算不想說，這也是現實。」

「……可是……」

一之瀨似乎不接受，重新挑選用字遣詞。

「雖然不是夥伴……卻是個值得信賴的人。」

她透過這樣表達，區別敵人這個字眼。

我煮的熱水沸騰了。

「我有咖啡和咖啡歐雷，還有可可。」

「那麼……我要可可。」

我對一之瀨微笑說出的這句話點頭，然後泡了一杯可可。

這樣就可以讓她的身體由內暖和起來。

過了不久，雨勢減弱，雲縫之間開始露出了夕陽。

一之瀨稍微凝視了外面的景色，再次對我露出淡淡的笑容。

過了沒多久，一之瀨就一點一點地說起現在的想法。

「我被分發到B班，遇見同學時，就很確定我們會勝利了。說不定會被說是自我感覺良好，但我覺得自己得到了非常棒的夥伴。這份想法，直到現在都沒有改變。」

一之瀨再次確認般這麼說。

「可是，唯一的失算就是我這個領袖。如果我更巧妙地周旋，我覺得B班就會擁有比現在還要多的點數。」

「不知道耶，我覺得妳無庸置疑是很優秀的人。」

她左右搖頭，否定這句話。

「我今天和堀北同學聊完，就深深感受到她在這一年成長了很多，而龍園同學跟坂柳同學也都一樣，感覺每個班級的領袖都在漸漸變強。」

自己和明顯嶄露頭角的周圍不一樣，這一年都不見成長。

她是這麼感受的，而且失去了信心。

這種感受就像是疊到了自己的失敗上，讓她有種被拋下的強烈感覺。

「我……之後有辦法勝利嗎？」

「之後有沒有辦法勝利嗎？」

「說你的意見就好，如果我說想要知道，你會願意老實回答嗎？」

「如果這是妳的希望，我也不是不能回答。」

我的答案並不是正確的。

可是，一之瀨現在想要得到一個答案。但是，現在很確定這不是可以明確回答的問題。未來還充滿變數，那裡有無限大的可能性。

我很清楚一之瀨不是會在這裡放棄的學生。

「很快就要升上二年級了。總之，新的一年會拉開序幕。」

「嗯……」

「這一年，妳要跟同學一起不斷地勇往直前。我想途中會有開心的事、悲傷的事，有時候可能也會有令人沮喪的事。但即使如此，也絕對不要停下腳步。」

這是現在身為B班領袖的一之瀨帆波做得到的事。

只要一如往常、義無反顧地過日子。

她就只有相信夥伴並戰鬥到底的方法。這是只有B班才允許的武器。

「所以……這件事……在一年之後……會變成我期望的答案嗎……？」

現在看不見的一年後的自己。

這應該會讓她感到強烈的不安。

「我好害怕。害怕一年後的自己……害怕一年之後你會對我說出什麼話……」

她在高度育成高中，以B班這個不錯的起跑點開始生活。

一之瀨跟同學一起熬過了一年，平安守住了這個地位。

她被許多夥伴圍繞，過著一帆風順的校園生活直到現在。

可是，等到察覺時，現實就是差距被拉近。

一之瀨帆波的心裡浮現了「敗北」兩字。

「我——」

「我知道。要把這理解成答案，應該沒辦法。」

一之瀨的視線逃了開來。

我刻意沒有回答今後能不能贏的提問。

不對，是根本不需要回答。

現狀下可以看見的戰力，已經開始產生了巨大的差異。如果在這個當下客觀地評價，他們明年應該也很可能淪落到最下面的班級。

這無可救藥地勾起了一之瀨的不安。

不是因為寒冷，她的身體因為恐懼而微微發抖。

「怎麼辦……怎麼辦……」

一之瀨肯定無法讓其他學生們看見這種脆弱的模樣。

尤其是同班同學。

要在這裡對她說些溫柔的話是很簡單。溫柔對待打開心房的一之瀨，說出甜美的低語，再對她心靈的破綻乘虛而入——簡直就是輕而易舉。現在或許就連觸摸藏在她那身濕衣底下的肌膚都可以實現。

我一有動作，一之瀨就反應過度地仰望我。

我就這樣移動到一之瀨的身旁，跟她一樣坐在地上，捕捉了她打算逃避的眼神。

「綾、綾小路……同學……？」

我伸出右手觸摸一之瀨濕透的頭髮，把手掌輕輕貼在她的臉頰上。

冰冷的觸感，以及柔軟的觸感，還有微微蘊含的溫暖，從我的指尖開始延展開來。

我接著移動大拇指，輕撫一之瀨的嘴唇。

藉由這麼做，她身體的顫抖就減緩。過沒多久，原本顫抖的嘴唇也變得安分了。

通常，這種行為就算她拒絕、逃走也不足為奇，可是一之瀨沒有逃走。

「你真是不可思議……不可思議的人呢……綾小路同學……」

「可能吧。」

我暫時不說話，與一之瀨互相凝視。就只是這樣而已。

「欸，一之瀨，明年的今天，我們要不要再像這樣見面一次？」

「……什麼……意思？」

一之瀨沒有從我的掌中躲開，她水汪汪的眼睛緊盯著我不放。

「就是字面上的意思。一年後的今天，我想要像這樣子見面。就我跟妳兩人。」

這在某方面上聽起來可能像是告白。

不過，也就只有這樣。我靜靜地讓手掌離開一之瀨，站起來跟她保持距離。

「接下來的一年，妳都要毫不迷惘地勇往直前，然後再跟我見面。妳能答應我嗎？」

「這……」

她有一瞬間很猶豫。

「說不定，到時候我……我們班……」

「無所謂，因為我只是想要見一見一年後的妳。」

一之瀨閉上眼，然後輕輕點頭。

「我和妳約好，到時候會把我現在想要傳達的話都告訴妳。」

「嗯，謝謝你……綾小路同學。」

失去活力的眼神，恢復了堅定的意志。

「我也答應你。我在這一年會全力戰鬥，以A班為目標。」

一之瀨露出了近期最燦爛的笑容。我們互相立下一年後的誓約。

如果彼此都能存活下來，這份約定應該就會實現。

一之瀨帆波率領的B班，他們的前途將會如何呢？

雖然有許多悲觀的素材，不過未來還沒有確定。

不過……假如他們還是衰敗的話，到時候就由我來給他們一個痛快吧。

隔天的三月三十一日，這個對我來說也很特別的日子到來了。

沒錯，今天是堀北學啟程的日子。

約定的時間剛好是在正午。

我一如往常地提早行動，抵達正門前。

他好像沒把離開的日子告訴其他學弟妹，目前除了我之外，還沒有其他人影。

我不時遠遠凝視前往櫸樹購物中心的學生們的身影，同時等待他抵達。

一年前，我穿越這個正門來到了這間學校。

這是個平時就在附近，卻絕對不會靠近的地點。

就算在社團活動或考試會坐巴士通過，但要走出這道正門，就只有畢業和退學兩個選擇。

既然沒有留級制度，那三年內就必然會有答案出爐。

「我最近都在想著這種事呢。」

也因為現在是升上二年級的時機，我變得經常回顧自己現在的心境。

堀北哥哥在接近預定時間的二十分鐘前過來了。

他確認到我的身影後，就稍微看向四周。

他的視線在尋找什麼，我連問都不用問。

「很不巧，你妹還沒來。」

「這樣啊。」

現在才剛過上午十一點四十分。

絕對不算是她太晚來。

不過，考慮到時間所剩無幾，早點到應該也沒關係。

上次跟一之瀨的會談。

我還記得非常清楚，當時堀北抓了較寬裕的時間提早到。

也可以想像她發生了某種意外。

「我打給她吧。」

我這麼提議。

如果是我主動，就堀北哥哥來說，他應該也比較好拜託我。

我是這麼認為的啦……

「不，不需要。」

對於我的提議，堀北哥哥用手輕輕制止我，同時表示拒絕。

「假如她是身體不適之類的，就應該會事先聯絡我。」

「也可以想像是睡過頭。」

雖然這不可能，但作為姑且的可能性，我還是試著說了出來。

「假如是這樣的話，就不用叫醒她了。」

意思就是說，如果重要的日子是睡過頭才過來，那也不值得理會了嗎？

即使是最後可以見面的日子，堀北哥哥的應對也沒有改變。

「不過，沒問題吧？距離約定時間也還有點空閒。」

若對象是哥哥，也十分可以想像她會在房間裡緊張到最後一刻。

「先不說鈴音了，你居然會這麼早過來啊。」

「因為總覺得你也會早來。」

約定碰面的正午。距離巴士出發，時間當然還很充裕。

但最後的道別，兄妹倆當然應該都有料到會聊得很久。

然後果不其然，他二十分鐘前就現身了。

我們都猜測落空的，就只有應該是核心人物的堀北妹妹不在場的這點。

總之，既然她不在場，我們就只能兩人聊點什麼。

只是沉默度過的話，實在也很浪費時間。

我稍作思考，然後說出最近很在意的事情。

「抱歉啊，如果我有稍微為了你在學生會的事情上採取行動，說不定就好了呢。」

為了阻止南雲雅失控，堀北哥哥曾經找我商量。

不過，也因為我當時比現在更強烈希望平穩的生活，所以沒打算參與。雖然他讓我認識副會長桐山當作人脈，但也就只有這樣。

到頭來，我到了今天都沒有採取讓桐山行動的策略。

「一切都是我的責任與義務。打算推給你是有問題的，你別放在心上。」

對堀北哥哥來說，這間學校已經成為過去。

今後不論內部情況變得如何，他原本就處在可以不用在意的立場。

「但最後還是讓我再提醒你一次吧。我基本上是站在肯定的角度看待這間學校的方針。儘管把基礎定位在實力主義，但還是有充分留下後段班足以獲勝的空間。那絕不是輕鬆的戰鬥。」

「雖然我不覺得三年都一直在A班往前跑的你有什麼說服力。」

「可是，這也可以說是因為很多人都沒有發現本質。當然，校方有許多地方需要改善，這應該也是事實，但你回過頭來看就會明白才對。不論是無人島考試，還是學年末的考試也好，學校總是有準備機會讓後段班贏過前段班。」

不只是筆試之類的考試，還有強烈要求此外要素的特別考試。

如果是無人島考試，透過團結一致，要贏過A班和B班也不是難事。學年末的考試也一樣。雖然是運氣會大幅左右結果的考試，但也是後段班可能獲勝的考試的證明。

「視運氣好壞，比賽結果將會大受影響。這是還不成熟的一年級生在贏過前段班時會需要的關照。可是……換句話說，從前段班看來就很讓人難以接受。這大概是他們會很討厭的要素。」

校方對後段的關照，會造成前段的不滿。

存下兩千萬的個人點數轉班，是屬於特別的範圍，但基本上班級一體且連動的校方系統，也是不會捨棄能力低落學生的機制。不論是哪個班級，都有出眾的優秀學生，同時也有人在很低的水準上互相較勁。

南雲應該是這整年都在體驗跟我們一樣的考試，才冒出了一個想法。

他想要把學校變得更加實力主義，而且是靠個人的力量就能獲勝的機制。

前段會一直往前，後段就會一直往下掉的機制。

「南雲打算做的，不見得就是錯的呢。」

雖然同樣地應該會造成不滿，但同時也有很多學生贊同。

而二年級的情況是大多數學生都贊同。當然，大概不會只有純粹的贊同者，應該也有很多學生是隨波逐流、無可奈何才贊成。如果每個人都很優秀的話，那所有班級都必須競爭。

「二年級的差距還滿大的吧？在班級點數上。」

「對。南雲隸屬的A班在三月的時間點是一千四百九十一點，B班是八百八十九點，C班是兩百八十點，D班是七十六點。」

考慮到還有一年，A班現在已經算是進入甩開對手的狀態。

即使在這種情況下，南雲還是刻意提出對於後段班的救助。

憑七十六點，確實幾乎不可能逆轉。

「應該有很多人會贊成。如果無法以班級單位勝出，前往A班的方法就只能依靠個人可以勝出的機制。」

「可能吧。不過，南雲的做法會讓很多人不幸。」

如果變得太實力、個人主義，同班同學們也會疑神疑鬼。

周圍的所有人都變成敵人，也是有可能的吧。

堀北的哥哥……不對，堀北學只是認為班級組織的合作是絕對的。

進一步說，這是看準未來所建立的組織。

「關於這點，目前的機制不也一樣嗎？A班以外的三個班級都會維持不幸。」

雖然南雲的理想為何，我只能憑自己的想像，但如果接受個人勝出的機制確立下來，或許班級不到四十人可以利用的救助，就會有些額外的加碼。

「沒錯，例如——」

我打算開口時，堀北哥哥就先說了出來：

「像是集中B班以下學生的個人點數，利用那些點數，舉行賭上晉升A班的比賽。」

我對於一模一樣的想法點頭同意。

先不考慮退學的學生，B班到D班全部的學生就是一百二十人。

如果集中所有的個人點數，恐怕輕輕鬆鬆就會超過兩千萬點。說不定還會達到四千萬至六千萬。

當然，應該不是所有人都會參加那場賭博。雖然不知道目前制度變得如何，但直到不久前為止，學校都還在進行畢業時的個人點數現金化。大概也有學生會認為就算是在D班畢業，只要拿得到現金，那也沒關係。不過，如果在這些條件都通過後，就只有出資賭博的人們會收到好處，那賭下去會比較好。反正無法以班級獲勝的話，在最後賭一把也不錯。

這樣就會增加好幾個學生能到A班。

與A班的班級點數差距越大的學年，實際上就會越容易執行這個最後的機會。

「你那個年級沒有出現這種事嗎？」

「如果說沒出現，就是騙人的，但那並沒有實現，因為A班和B班當時正在競爭，C班和D班也沒有剩下足以實現的點數。」

我回想起一年前接觸過的三年D班學生，他也是苦無點數的樣子。一直輸的話，要得到班級點數就會變得很困難呢。

要是陷入必須就這樣以零點的狀態度過好幾個月的狀況，就會是惡性循環。

「假如只是這樣的話，倒是沒什麼影響。可是，南雲打算舉行祭典，計劃把身為A班的自己也捲進去。換句話說，這也會讓夥伴背上風險。」

意思就是說，A班裡欠缺實力的學生也有可能脫隊。

說得也是。只有他們A班自己在安全範圍，而呼籲實力主義，周圍根本就不可能會認同。意思就是說，他打算把A班和D班都變得平等。

「雖然不知道他會做到哪一步，但這也算是需要勇氣的決擇呢。」

「那傢伙覺得確定勝利的現狀很無聊，這就是起因了吧。他會參加學生會，主要也是為了打發時間。」

如果有能力，又有支持度，那誰都沒有權力表示不滿。

「班級是同甘共苦的命運共同體。我認為只有這個框架是不應該超越的。」

「所以，你才沒辦法贊成南雲的做法。」

堀北哥哥沒有點頭，但還是就這樣接受這句話。

我知道他想說什麼，但我也沒辦法說哪邊才是正確的。

再說……

「我打算看一看南雲打算做的事。要是他能把整個學年……不對，把整個學校都變成更加實力主義的環境，不體驗過那些的話，我也沒辦法否定。」

我決定只先跟他坦白地報告今後的事情。

「這樣啊，你要前往比我更高的境界呢。」

「你太抬舉我了。」

就只是現在的我沒打算阻止南雲，也沒有阻止南雲的手段。

既然這樣，看看南雲打算打造的世界也不錯。

畢竟我也已經牢牢記住了堀北哥哥一直守護的這年。

「我不是你想像中那麼了不起的人。」

「不，很抱歉，我不這麼覺得。」

對於我的謙虛，堀北哥哥強而有力地否定。

「我的評價在你心中好像不管怎樣都沒有降低耶。」

「如果有地方可以降低，那我會降低。」

回想起來，堀北哥哥從將近一年前開始，就沒有改變對我的評價。

不論他知不知道些什麼，評價水準都沒有變化。

「我實在是無法理解，我到底哪裡有你認可的要素啊？」

如果要說跟其他學生不一樣，只有她哥才有的情報，也就只有我在入學時的亂考同分，或是為了阻止他對妹妹施暴而稍微跟他互相拉扯。

除此之外，作為一般情報的，真的也就只有我跟他在接力賽時所公開的腳程很快。

他不知道我實際上多會讀書、多會運動。

「我自認能在一定的程度上，靠自己的感受與直覺了解對方的本領。」

與其說是具體的什麼東西，似乎是很抽象的事情。

他可以這樣就把我評價到這種程度，還真是不得了。

「憑那個所謂的感受性，你覺得我怎麼樣？我想請你把這點告訴我，當作是餞別禮。」

因為我很感興趣，決定問問。

我想要比較看看，實際上跟我想像中的自己相似到什麼程度。

如果是堀北哥哥，他應該會願意不做多餘過濾地回答。

「我想想，我眼中的你……」

堀北學稍作停頓，回想這一年所見的我。

「你看起來——是大幅脫離我至今的人生經驗以及預測的存在。不論攻擊何處都沒有破綻。戰略與謀略不用說，要靠腕力解決並訴諸武力似乎也行不通。你是我目前見過的人之中，最不希

望對上的對手。」

又是個誇張的評價。如果他只是憑感受說說，那就更是這樣了。

「換句話說，你會對我徹底舉白旗嗎？」

「這是兩回事，就算是完美無缺的對手，我也一定會有勝算。」

我對於這樣回答的堀北哥哥稍微鬆了口氣。

「尤其這間學校是以班級單位競爭，個人再怎麼突出都有極限。」

「是啊，就是這樣，我才覺得有趣。」

「綾小路，你是在什麼環境下長大的？我很確定這不全然是與生俱來的能力。而且，也不是因為有家人是徹底的教育家才能抵達的領域。」

「你不也是出身很普通的家庭嗎？」

如果是當到學生會長的菁英，他應該知道該怎麼往上爬。

「我不是所有事都一開始就位居上方，我也有過停滯不前且痛苦的時期。不過，以此為前提，我一路付出了不懈的努力。自幼到現在都是，而且今後也會繼續下去呢。」

堀北哥哥說自己是站在這些累積之上。

「按照你的理論，這或許是我付出了超越你的努力。」

「……是啊。」

要贏過努力的人，就要更加努力。
這不是一切，不過事實上也是答案之一。
堀北學拿出了手機，把顯示手機號碼的畫面拿給我看。
接著切換畫面，顯示出另一個不一樣的號碼。
「你先把這兩個號碼記下來。一個是我的，另一個是橘的。畢業後有傷腦筋的事，我隨時都會陪你商量。現在背不起來的話，也可以筆記下來，不過事後一定要先刪除。」
即使是在電話上也禁止跟校外人士接觸。
不謹慎的紀錄，對我來說只有壞處呢。
我輕輕點頭，表示沒問題，然後把兩組十一位數號碼記在腦中一隅。
我個人無法想像利用這兩組號碼的日子會到來，但是先記下來也沒有損失。
「這麼說來我還沒聽說，你之後要去哪裡呢？」
從他也有把橘的號碼告訴我來看，就知道他們畢業後也會繼續維持關係。
「關於這件事——」
堀北哥哥正打算開口，但從手機上確認時間後，就暫時不說話了。
「我的事情，等你畢業之後再說吧。差不多要到預定的時間了。」
再過沒多久就是正午了。

總之，就是要和堀北妹妹碰面的時間。

但是，在此卻沒看見妹妹的身影。

他的表情看起來一如往常，卻莫名讓人感到寂寞。

「先聯絡一下會比較好吧？」

那傢伙忘恩負義，不在此現身——只有這點我無法想像。

就算不可能睡過頭，當成發生了什麼意外比較實際。

「不……別這麼做吧。」

就算是意外也一樣。堀北哥哥似乎要貫徹不搭話的方針。

雖然我在目前為止的經過上，非常清楚他不討厭妹妹。

「你也沒必要固執己見吧？偶爾主動伸手也不錯。」

「我怕一時的情感會阻礙妹妹的成長。如果只是因為意外而遲到，那倒是沒關係。不過，要是她判斷不和我見面才會成長，這樣就只會是單純的阻礙。」

「不跟你見面就會成長？你覺得你妹會有這種想法嗎？」

「判斷這件事的人是鈴音。」

「這不是局外人該說長道短的。」他無法坦率。

「你都不會展現寬容耶。」

「我只是還在判斷寬容的時機。」

雖然我覺得現在正是使用的時機。

時間超過十二點，過了一分鐘。

我以為他會立刻走向正門，但他還沒有邁步而出。

雖然說不會展現寬容，但這就是有稍微展現出來吧？

「我也有事情想先跟你確認。我想請你回答，當作我畢業的鑑別禮。」

堀北哥哥對我投以這句話以及眼神。

我就像是在陪伴他在最後一刻展現的寬容，點了點頭。

「如果是我能夠回答的問題。」

這段對話結束時，堀北哥哥恐怕就會往正門走去了。

「你為什麼要隱藏自己的才能生活呢？」

雖然在預料內，但他問得真是開門見山。

「應該只是因為我不喜歡引人注目吧。」

「就算要隱藏真正的自己，也要貫徹這件事嗎？」

「不知道耶，我沒想那麼深入。」

進入這間學校後，我想要過著普通的學生生活。

可是被他這麼問的話，我自己也會覺得疑惑。

「我原本決定當個普通且隨處可見的學生生活。雖然幾經波折，偶爾也會有不得不做事的時候。」

「你今後也打算繼續一樣的事情嗎？」

「不好說耶，因為最近被盯上的次數也開始變多。必須認真做的事情，可能也會稍有增加。」

老實說，我也有很多搞不懂的地方，但還是直白地說出目前的想法。

堀北哥哥聽見這些話，會回答什麼呢？

「我最近都在思考自己在這間學校裡完成了什麼，原本能夠完成什麼。」

他這麼說完，就遠遠凝視了校舍一眼。

「像是有沒有完全發揮自己的實力，有沒有更多成長空間。」

換句話說，他一直都是生活在跟我完全顛倒的環境下。

就是因為這樣，他才會爬上學生會長之座。

「就這樣在檯面下度過校園生活，真的是件有意義的事嗎？」

「我認為在想要輕鬆的意義上，這沒有不對呢。」

「可能吧。不過，你不也是為了留下什麼才來到這所學校嗎？如果是這樣，我認為你應該要盡可能地為此努力。」

「留下什麼……是只有你這種耀眼的人才辦得到的事。」

我這麼否定，但堀北哥哥沒有表現出接受的態度。

「假如不能為學校留下任何東西，也只要留給學生們就好。曾經有過綾小路清隆這名學生——被刻下這段記憶的學生是不會忘記你的吧。」

把我的存在烙在某人心中。

我從來沒這樣想過。

「我很感謝你想讓我妹有所成長，但是，我這整年充分了解到你這個男人不會止於這種程度。你藏著強大的實力。就是因為這樣……你可別讓我失望了啊。」

這是他身為學生會長，以及高度育成高中的學長，對我做出的激勵。

「如果你要在束縛中追尋自己，就在這三年中成為會留在周圍記憶中的存在吧。」

「留在記憶中的存在嗎？我在二年級或三年級的中途可能就會被退學了呢。」

「就算你因為某些意外，沒等到三年就要面對退學的命運，你還是可以讓別人留下記憶。回顧三年的時候，如果可以盡可能地讓多一些學生覺得幸好有綾小路清隆這個人，我認為也等同完成了一樁大事。」

他再次這麼說，感覺這些話似乎一點一點地銘記在我的心中。

「這樣啊……我會好好想一想。」

這就是我現在最多能夠回答的答案。

「這樣就好了。答案不是要由我得出，是要你自己去尋找的，綾小路。」

南雲率領的學生會、堀北妹妹的事，還有學校的事情都是如此。

最後要決定的都是我自己。

這個世界上充滿了成長的材料。

任何地方，都有提昇自我的提示。

現在像這樣與堀北哥哥面對面也是如此。

就這樣在檯面下靜靜過完剩餘的校園生活，到底會留下什麼呢？

那就是我的回憶。那種只是能夠讓我隱約覺得開心的記憶。

一開始，我這樣就心滿意足了。

正因如此，這一年我都盡量過著安靜的生活。

但這可能不是我的答案。

我會來到這所學校，也是有意義的。

他說得沒錯。

「不知為何在最後一刻變成了很有說教性的內容，你就原諒我吧。」

「不會，總覺得我這個當這學弟的，收到了學長給的最棒一段話。」

跟你分開好像會有點寂寞呢。

我說到一半就作罷了。

「呼……看來我們都露出了很不像是自己的一面呢。」

拉開距離之後，我們就了解到這點。有些事就是因為這樣才能說出來。

然後，有些事情也是不說出來，才能夠互相了解。

「我就差不多出發吧。」

超過十二點十分了，哥哥似乎覺得妹妹不會出現，於是這麼說。

接著，哥哥有點依依不捨地往學校——往一年級宿舍的方向看去。

應該要過來的妹妹不在場。

任何人都無法預測到這種發展吧。

這就是妳的答案嗎，堀北？

我不禁如此感到疑惑。

我同意他們兄妹之間建立了有點複雜彆扭的關係。

可是，為了破壞這段關係，妳應該一直痛苦了好幾年。

然後才終於正要找到正確答案。

我把手插入手袋，抓住手機。

這邊就算要硬來，也應該要先讓她見哥哥一面吧？

就算只有一瞬間、只有一眼也好，如果這會變成堀北的養分，那就算是稍微強硬的方式也……

不對──就算做出這種事，也只會有反效果嗎？

恐怕也會對正在緩解的兄妹關係造成龜裂。到頭來，要不要見面、想不想見面，都是雙方想法重疊後才會成立。

不是第三者該介入的。

「抱歉啊，我妹直到最後都還在添麻煩。」

堀北哥哥看透我的情感似的輕聲道歉。

「我也沒有什麼損失。」

在這間學校的三年都一直跑在最前面的男人轉身離去。

「這三年，我自詡沒有停下腳步，一直都走在最前面。」

這是他的總結。

堀北哥哥回顧三年所道出的最後一句話。

「我在途中失去了很多同學，而別班的學生也是如此。」

讓人絲毫感受不到自己在A班畢業的喜悅。

話雖如此，也並非悲觀。

他嚴肅地回顧發生過的事件。

「就結果來說，在畢業之前出現了總計多達二十四名學生退學。光是三年級的時候就有十三位。」

我不知道這跟往年相比是多是少。

沒記錯的話，二年級的南雲他們在冬天的階段應該是出現了十七個人退學。

「你們一年級目前還只有三人呢。」

不難想像每次跨越學年，就會變得更加嚴苛。

「沒辦法熬過課題的學生，必然會脫隊吧？」

「確實如此。基本上，脫隊的學生都是水準無法滿足要求的學生。可是，有時候也會失去優秀的學生。」

像是因為保護了某人，或是被更強大的對手暗算。

預定以外的學生消失，未必是件不可思議的事。

「也是有人抱著懷疑眼光看待學校的做法，但是，我還是非常感謝這間學校。」

堀北哥哥不否定因為不講理而失去夥伴也是學校的一種做法。

「在這所學校裡，學生們是為了扛起日本的未來而受教。當然不可能一百人之中，每個人都能變成適合的人。在某個大學或企業裡就職的人也都是這樣。」

不只是適不適合，合格與否，都將在各種結果的最後判斷出來。

「我學到了這項理念，深深覺得離開這裡之後，自己也不可能會因為半吊子的事就被篩選掉。」

也就是說，學校讓他有這麼大的成長嗎？

他的同年級裡，究竟有多少學生可以爬到這個高度呢？

「我就說到這邊了。」

正門。我盯著還有幾公尺遠的那扇門。

然後——堀北哥哥最後面向了我。

「雖然這是單方面的請求，不過鈴音就交給你了。」

堀北哥哥在我聽見這句話之後，對我伸出了右手。

「能握個手嗎？」

「好。」

我回握他伸出的那隻手。

所謂的握手，就是自己的手與對方的手互相握住的行為。

堀北哥哥被我握住的那隻手，蘊含一股不可思議、強而有力的感覺。

接著，我們慢慢把手鬆開。

「後會有期了，綾小路。」

他這麼留下一句道別，就靠近了正門。

假如他離開了這裡，任何人都會無計可施。

最短就是兩年。或是大概只能靠退學這條路才能與哥哥再次相見。

而我，則是再也不會見到這個男人了。

「哥哥——————！」

我的身後傳來喊叫。

這個狀況下根本沒有餘地疑惑這會是誰的聲音。

堀北哥哥聽見這個聲音，停下了腳步。

看來在最後一刻勉強趕上了。

現在已經過了正午，他們再幾公尺就要分開了。

再晚個一分鐘抵達，她就無法看見那張臉了吧。

我在她哥回過頭的時候，了解到他的眼神裡充滿我第一次看見的強烈驚訝。

他就這麼意外妹妹過來嗎？

應該當然也有這個原因。

我原本以為是這樣，不過並非如此。

不對，應該說是不只如此嗎？

他真正驚訝的理由，我馬上也就知道了答案。

「妳……」

堀北超過了預定時間，應該是急忙跑過來的。她上氣不接下氣地站在我身旁。

但現在這一刻，對堀北來說，我就跟周圍的景色沒什麼兩樣。

沒有出現在她的視野裡。

然後她邊整理呼吸，邊往哥哥身邊靠近一步。

「對不起，我遲到了……！」

她這麼低頭謝罪。

妳為什麼遲到？

通常都會這麼問吧。

「沒關係——」

不過只有這次，她根本就不需回答理由。

只要看一眼，就可以知道為什麼了。

這是困惑——不對，是純粹的驚訝。

因為昨天的堀北與今天的堀北有著巨大的不同。

就是這件事嗎？

堀北哥哥在她入學這所學校時，立刻識破妹妹沒有成長的理由。

堀北學看見堀北的狀態後，好像說不出話來。

我也一樣。

這個最後的道別之日。

我很清楚堀北是抱著遲到的覺悟出席這個場合。

哥哥不可能斥責這樣的妹妹。

「看來妳順利改變了呢。」

哥哥對於妹妹現身好像鬆了口氣，靜靜地這麼開口。

「我……順利改變了嗎？」

「不對——我修正一下吧，妳是順利恢復成過去的自己了，鈴音。」

這不是開始，而是回歸原點。

「我花了一年，不……是花了好幾年。」

堀北整理著呼吸，慢慢回答哥哥的問題。

「我為什麼不能更快、更早恢復成原本的自己呢……我實在是後悔不已。」

堀北主動往哥哥身邊靠近一步。

「妳現在正在想什麼？」

「我在想什麼呢……老實說，要說現在不感到混亂，就是騙人的。」

堀北無法好好地繼續說下去，感到不知所措。

堀北哥哥眼神平穩地凝視她，等她有辦法組織言語。

「不過，只有這點，我可以清楚地說出來——我……一直、一直都只是在追尋著哥哥的影子。可是，那樣的我已經不存在了。」

只想著哥哥，只為哥哥而活的堀北鈴音。

讀書和運動，全是為了讓自己的哥哥認同。

「那麼我問妳。妳決定不追尋我的背影，今後要怎麼做？」

哥哥提出疑問。

堀北調整呼吸後，進一步地組織言語。

「我再也不想追尋任何人的背影了，我要尋找只屬於我自己的路。」

堀北目前只是擺脫了自己的迷惘。

才剛變得能夠環顧周圍。

即使如此，她也不能停下腳步。

「然後──」

自己走自己的路。

這看似簡單，實際上卻是非常困難的事情。

就算只是表現出這點，對哥哥來說，應該也是個很足夠的禮物。

可是，堀北似乎不打算就這樣結束。

「我希望今後自己能為了同學走在前面。」

成為周圍的範本，引領大家的指導者。

這是作為領袖的重要要素。

「然後，為了找到自己的路，我會在這所學校裡和夥伴一起學習。」

一年前遇見堀北時，我沒想過她會達到這種程度的成長。

她比別人優秀，是有點自大的資優生。只是個座位很近的隔壁鄰居。

不論好壞，都只屬個人的能力。她帶給人這種形象。

「是嗎？以前留在我記憶角落的妳……真的終於回來了呢。」

堀北學跟這樣的我不一樣，或許他已經看見了。

他比任何人都清楚且相信妹妹擁有的潛能。

堀北哥哥暫且把拿著的行李放在腳邊，縮短了與留在原地的堀北的距離。

從差一點就要離開的那段距離解脫。

兩人已在伸手可及的距離。

「妳知道我把妳拒於門外的最大原因是什麼嗎？」

「……不知道。」

堀北恐怕不太了解哥哥的心情。

她只是解放了自己過去的束縛。

是無意間把上鎖的寶箱硬是撬開的狀態。

那裡沒有鑰匙這項用來對照答案的東西。

為什麼堀北哥哥會變得拒絕妹妹呢？

為什麼會嚴厲地劃清界線？

「我把妳看得很重要。」

「唔！」

哥哥就像是在告訴妹妹那把鑰匙的所在地一般，送出最後的贈禮。

「然後，我在年幼的妳身上感受到了巨大的才能。雖然還不成熟，但我看見原石般的光輝。因為我抱著期待——那顆原石過沒多久就會受到磨練，能掌握到足以超越我的能力。」

堀北哥哥拉近了最後一步距離。

已經是只要稍微抬起手就碰得到的距離。

「可是，這樣的妳卻被我這個幻影困住。妳片面斷定自己比不上我，覺得不可能追過我而放棄，並選擇捨棄自己成長空間的選項。妳只把追上我的背影選為自己的終點站。這件事情，我無論如何都無法原諒。」

追逐哥哥的影子，想並列在他身旁。

這確實不是件壞事。

也可以說是某種了不起的目標。

可是，換句話說，和哥哥並列的時間點就會抵達終點。正可說是終點站。

把追上哥哥當作終點站的妹妹，以及希望妹妹超前、向前邁進的哥哥之間，這兩人的糾葛。

應該就是這點，讓這對兄妹產生巨大的隔閡。

「妳要比別人更堅強，還要溫柔待人。」

哥哥溫柔地把妹妹抱到懷裡。

身為哥哥，他用力抱緊著光是站著都竭盡全力的堀北。

堀北「剪短」後的頭髮搖曳著。

「哥——」

「妳已經沒問題了，現在我很確定這點。」

我已經用不著說什麼了。

那裡是我不能做任何發言的空間。

「有件事，我瞞了妳好幾年。是必須跟妳道歉的事。」

「道歉……？」

堀北不知道是什麼事，就這樣把臉埋在他的胸口地問道。

「我們的關係會彆扭成這樣，有很大的原因是在我身上。」

「什麼意思……？」

堀北小聲反問。

「我以前說過我喜歡長頭髮，對吧？那是我隨便編出的謊言。」

「咦？是、是這樣嗎！」

「我直到剛才為止都不知道。」堀北發出驚訝聲。

「喜歡短髮的妳會不會把我的話當真，不惜失去自己的特色也要把頭髮留長。我為了確認這點，而不小心說了個謊。」

意思就是說，結果堀北還是打算迎合哥哥的喜好，開始把頭髮留長。

所以他們在這所學校再次相見時，他馬上就理解了。

堀北鈴音沒有任何改變。

他失望地對待只是不斷追著自己背影的妹妹。

根本就不需要確認她在讀書和運動上的優秀與否。

「——原諒那個謊言吧。」

「……真是過分呢，哥哥。」

「我沒辦法找藉口呢。」

堀北哥哥恐怕故意沒修正這件事情。

他相信妹妹有天會改變，而這是為了察覺其中的變化。

「我會原諒哥哥你說的那個謊，因為我覺得一定是多虧了那個謊言才會有現在。」

堀北也很清楚這點，才會笑著原諒這個謊。

堀北哥哥抱著妹妹的肩膀，兩人彼此對視。

堀北對哥哥盡己所能地綻放出最燦爛的笑容。

看到這張笑容的堀北哥哥，也脫下自己的面具似的露出笑容。

他絕對不是不曾展露笑容的男人。

可是，我還是第一次看見這麼柔和的笑容。

我已經不可能再看見這笑容了。

再一年——

假如，我可以和他在同一間學校再生活一年。

總覺得我一定可以跟堀北學這男人變得更加親近。

然後說不定就能改變了。

實在令人遺憾。

「鈴音，兩年後，我會在正門外等妳。讓我看看成長後的妳吧。」

「好。我一定會……全力以赴地戰鬥到最後一刻。」

阻礙堀北成長的東西，已經全部被除掉了。

今後，堀北就只要不斷向前奔跑。

「綾小路，我也很期待能夠跟你見面。」

說不定堀北哥哥也跟我抱著相同的想法。

「是啊。」

雖然知道這是無法實現的願望，但我還是強烈同意彼此的想法相同。

「時間差不多了。」

快要十二點半了。

等到發現時，眼看就是巴士應該要開來的時間。

雖然感覺依依不捨，但兩人還是慢慢地拉開距離。

「後會有期吧。」

堀北哥哥留下這麼一句話，就穿越了正門。

一名男子就這麼離去。

堀北直盯著那身背影，連眨眼都捨不得地一直凝視。

總覺得堀北學連同自己的妹妹，也一併為我留下了指引。

1

就算正門已經看不見哥哥的背影，我們仍暫時望著同個方向。

可是，我也有不能一直就這樣沉浸在感傷裡的苦衷。

我透過說話，解除堀北無法動彈的僵硬狀態。

「之後會變寂寞呢。」

「……是啊。」

這不是一輩子的離別，但今後兩年別說是哥哥的身影，她就連聽見聲音都無法實現。

不過，堀北的表情非常緊繃，露出凜然的表情。

「謝謝你，綾小路同學……今天有你在，真是幫了大忙。」

「是嗎？我覺得自己只有礙事。」

「沒有這種事，要是你沒和哥哥說話，我就趕不上了。我真的很感謝你。」

堀北再次感謝我這個很明顯不適合待在此處的男人。

但她望著不相干的方向，沒有看向我這邊。

「再說，哥哥出發的這天只有我送行，也會很哀傷呢……」

雖然說這是她哥選擇的路，但的確有點冷清呢。

他是應該被更多學生目送的人物。

這一定也都是為了妹妹。

他為了讓堀北更容易面對自己，而不讓別人靠近。

說不定一切都在哥哥的計算之中。

「我也跟妳哥有各種緣分，我只是想多跟他聊一聊。」

我一開始認為這不是值得歡迎的事，但現在卻覺得，當初再多聽他說說話也沒關係。真是千

金難買早知道。

我們兩人走在回宿舍的路上。

「話說回來，妳果斷地剪短了頭髮呢。」

考慮到她直到昨天都還是一如往常，以及剛才的遲到，不難想像她是今早才突然下定決心要剪短。這應該是在時間緊迫中做出的選擇。

「我從以前就喜歡大約這麼長的長度，可是，總覺得好像很怪。」

話雖如此，她也不能隨便剪短，玷汙了哥哥的重要場合。

為了以整齊的打扮送行，她不惜選擇遲到也要賭運氣。

就結果上來說，是堀北賭贏了。

「不過，妳也可以至少先做好必要措施吧？如果會見不到哥哥，倒不如利用我不要讓他離開，才可以提昇見面的機率。」

如果確定會過來的話，我也可以幫一點忙。

幸好我碰巧跟他聊天，所以爭取了時間……

「我拜託你的話，你就會願意乖乖幫忙嗎？」

「再怎麼說，至少今天都會幫忙吧？」

「很難說呢——我很想這麼說……但實際上，我是有打算要拜託你的。」

堀北這麼回答。不過，我取出的手機上果然並沒有顯示任何紀錄。

「都怪我太著急。我把手機忘在宿舍，就直接去剪頭髮了，開始剪之後才發現沒有帶。真是的，我也是少根筋呢。」

換句話說，她當時也是束手無策的狀況嗎？

如果要結束後再回去拿手機，倒不如直奔正門還比較快。

「我真蠢呢。」

堀北露出自嘲的笑容。

「這也表示妳今天決心要做的事，對妳來說就是這麼重要吧？」

雖然想像她急忙在開店的同時跑進去的場景，感覺有點有趣。

正因堀北平時做事都很有計畫性，難怪她會因為那些動搖而造成失誤。

「剪掉頭髮，算是我以自己的方式劃出的分界線。」

「妳的腦中沒有哥哥的喜好如何之類的想法嗎？」

「當然啊，我只是想要恢復成過去的自己。不過，因為這跟我會追逐哥哥是同個時期發生的，所以在這種意義上，這麼做才最能傳達心意呢。」

所以就是偶然招來的最佳之策嗎？

因為我這一年都看著那頭長髮，所以突兀感非常強烈。

「睽違好幾年重拾自己的風格，感覺如何？」

「就算問我如何，我也很傷腦筋呢。我小時候的確很喜歡現在這種短髮，但一直留著長髮生活，對長髮也會有感情。老實說，心情很複雜呢。」

以前喜歡過的短髮。現在已經接受的長髮。

以前的自己，以及現在的自己。不論是哪一種，都是堀北鈴音無誤。

「現在感覺是哪一邊的自己，我都能夠接受。」

她這麼說完，就用指尖碰一下自己變短的頭髮。

「所以，我會再次從零開始思考，因為現在的我還是看不見一些事情。看我是要繼續留長到從這間學校畢業為止，或者是不要留長。假如要繼續留長到原本的長度，大概就會是兩年……剛好就是畢業時期吧。」

過去的自己，與現在的自己。不論是哪一種，堀北都接受了。

「我知道的，就是這些與頭髮長度無關，而且我也可以光明正大地與哥哥見面。」

那我也來期待，她一度剪短的頭髮，今後會變得如何吧。

堀北學在最後一刻留給堀北龐大財產才離開。我以為不大力幫助堀北，她就不會成長，但最後似乎是我判斷錯誤了。

「妳應該很捨不得吧？」

其實那些想說的話，以及想說也說不出口的多年思念應該堆積如山，就算花上一個小時——不對，花上一天都說不完。

「那種事……那是無可奈何的。」

堀北讓自己接受似的點頭。

「再說，現在阻礙我跟哥哥的那面牆已經被拆除了。我只要跑完接下來的兩年，再好好跟他說話就可以了。對吧？」

「確實是這樣呢。因為他還說會在畢業後等妳。」

畢業典禮結束，應該也會變得可以自由地與外界聯絡。

到時就可以堂堂正正地跟哥哥見面，並且慢慢聊了嗎？

「今天的事件算是個大收穫，再奢侈下去，可是會遭天譴的。」

她的心情轉換得真快。

沒錯，表面上是轉換了。

現在腦袋裡在拚命假裝平靜，試圖轉換心情。

但心情的轉換並非這麼簡單就能夠達成。

「可是——到這邊就可以了。」

堀北停下腳步，沒有回頭，並且這麼說。

她那張臉已經沒有在看著我了。

不對，說是沒辦法看比較正確嗎？

「怎麼了？」

其實我懂，但還是裝糊塗地詢問。

如果是平常冷靜的堀北，就會發現這句話是在裝傻了。

可是，堀北現在沒有餘力，也沒有識破這點。

「我……要順便繞道再回去。」

她像是在打迷糊仗地委婉叫我回去。

「順便繞道？」

就算問她要去哪裡，堀北也沒辦法回答。

「沒有，就類似是散步呢。」

她含糊回答的聲音微微地顫抖。

「我陪妳吧？」

「不用。」

堀北說得很含糊，就背對著我邁步而出。

不是要去櫸樹購物中心，也不是要前往超商。

她是在尋找某個沒有人煙的地方，而走起路來。

應該是覺得跟我一起回宿舍的話，就會來不及吧。

我追著這樣的堀北。

如果堀北打算獨處又被人跟著，當然會沒辦法沉靜下來。

堀北沒有回頭，壓抑聲音說道。

「你為什麼……要跟過來？」

「不知道耶，這是為什麼呢？」

「沒有理由，就別跟過來。」

她採取拒絕的態度，但我沒有做出回去的舉止。

因為堀北在這一年對我做過好幾次壞心眼的事情。

「我就告訴妳理由吧。因為我想要稍微使個壞。」

「……你在說什麼？我無法理解。」

「是嗎？那我就告訴妳吧？」

「你可以不用說出來。」

「不，這也不行呢。」

我打算讓堀北強忍著的防線崩潰，於是慢慢開口：

「悲傷的時候不用忍耐，哭出來也沒關係，不是嗎？」

我這麼說。

只說了這句話。

「……你沒在聽我說話嗎？」

「我有在聽。能和哥哥和解，妳應該打從心底開心吧？」

「是啊，這樣我就心滿意足了。哪裡……哪裡還會有悲傷的要素呢？」

「妳根本就無法滿足吧？確實兩年後就可以交談，可是，人類也不是這麼簡單就能接受的生物。」

夢想著這天的少女，卻又嚐到了兩年的延期。

並非沒有高興的心情，但也不會只有這樣就結束。

「我……我滿足了，滿足了啊。」

「既然這樣，妳能轉向我這邊嗎？」

堀北就這樣背對著我。

她沒答應我的請求，並且搖頭。

「我拒絕，為什麼我就非得看你呢？」

「不知道耶，這是為什麼呢？」

堀北疾步而行，打算逃跑，我只從她的背後再多說了一句話：

「哭出來也沒關係。」

與哥哥睽違兩年再次相見，以及遭到拒絕。

在無人島上，孤獨地與高燒奮戰。

因為班級投票而扛下遭人怨恨的職責。

不論何時，堀北都沒有哭泣。

「我、我……」

她打算繼續跨步的雙腳，停了下來。

她努力再努力，才終於成功與哥哥的心意相通。

明天起，應該就一定會回到可以笑著聊天的關係了。

可是，哥哥卻已經穿越大門，踏上新的旅程。

下次能見面，最短就是兩年後。

「別……別這樣……」

她的聲音慢慢地顫抖起來。

這段漫長的歲月，堀北都必須在這裡、在這所學校裡戰鬥。

「因為，這是沒辦法的啊……！」

雖然堀北打算反駁，但她強忍著的東西卻奪眶而出。

她現在確實想起了剛分離的哥哥。

「因為——！」

「我明明終於……終於發現到自己的錯誤……！」

她跪倒在地上。

雙手摀臉，接起控制不住而流出的淚水。

「卻又跟哥哥分開了……！」

可以的話，她應該很想跟他一起跑到正門的另一頭。

但妹妹隻字不提，出色地目送了哥哥的背影。

「嗯，真教人寂寞呢。」

「好寂寞……我好寂寞……！」

嚎啕大哭的少女，就像個小孩子一樣。

堀北流著眼淚，但還是試圖忍住不哭。

如果不是這所學校，堀北應該不論何處都能追上哥哥。

想見面的時候就見面，想說話的時候就說話。

「妳可以現在在這裡把眼淚流乾，然後，讓妳哥哥看見更加成長過一輪的妳就好。現在這個瞬間，妳已經開始改變了。」

不需要著急。有兩年的時間。如果有兩年的話，堀北一定可以有更大的成長。

她哥也一定很期待這點。

「對吧……學。」

已經傳達不到的這句話，就這樣被吸入迎接春天的藍天。

2

堀北在情感滿溢而出之後，沒多久就收起了眼淚。

但她似乎還沒有恢復精神，就這麼坐在地上。

我站在她隔壁，靜靜等待這個時刻。

應該可說幸好這一帶沒有任何人在。

她沒被其他學生看見。

「真是太好了呢。」

「什麼叫做太好了？被你看見可是非常屈辱……」

我自認有稍微安慰她，但好像沒這麼簡單。

「嗯，也是啦。」

就是因為這樣，她才會想要獨處。沒有我在的話，自己哭的樣子也不會被人看見。

「可是，被你看見也沒辦法，我決定要正面思考。」

「正面？」

「……幸好是被你看見——我決定要這樣想了。」

沒錯，堀北打從心底放心地吐了口氣。

換作是其他學生，這確實不是一張會想讓人多看見的表情，只有這點很確定。

「好啦，那我就把今天的這個狀況分享給啟誠他們吧。」

我拿出手機，把相機鏡頭對著她。

「你想被我殺掉嗎？」

她用紅通通的眼睛怒瞪著我，我立刻收起手機。

「開玩笑的。」

「面對你的無聊玩笑，我還真想教教你何謂時間、地點、場合呢。」

如果她可以這樣強勢地說話，大概就沒事了。

「……總覺得整體的形式就跟一年前有點類似呢。」

「或許吧。」

雖然地點有點不同，但我還是想起我們曾經在半夜像這樣聊過。

與哥哥再次相見的堀北，當時還處於失意之中。

現在情況明明完全顛倒，但還是會覺得似曾相似。真不可思議。

「我為什麼會在你面前如此失態呢？而且座位還就在隔壁而已。」

經她這麼一說，我從入學當初就一直跟堀北有種奇妙的緣分呢。

從堀北看來，她似乎很不喜歡這樣。

「能不能偶爾也讓我看看你的失態啊？」

「失態啊，最近不是給妳看過了嗎？我在跟坂柳的西洋棋對決上輸掉了。」

「那不叫失態，就只是敗北而已。」

堀北嘆息，表示不公平。

「那麼，妳就期待升上二年級之後吧。」

憑那件事，她似乎無法接受。

「好像也只能這樣了呢，我會把這件事確實地納入我今後的期待。」

針對今天被看見哭臉，她似乎無論如何都想要復仇。

話說回來，堀北剪頭髮的事情還是很衝擊，帶來了強烈的影響。

「看見妳的頭髮，應該很多人都會嚇一跳。」

雖然同學中當然會有人想要一點一點改變形象，但這還是很少見。

「嚇到他們也沒關係，那種事情無所謂。」

「周圍的目光與我無關。」她表明不會把此事放在心上。

須藤等人大概會最先追問這件事吧。

雖然春假還有好幾天，謠言說不定會在這段期間傳開……

不對，如果已經有人目擊，情報可能已經很混亂了。

「雖然這種時候提起有點奇怪，不過妳記得上次說要對決的事嗎？」

「當然啊。」

「我贏的時候要請妳實現的一個願望——我想到願望的內容了。」

「哦……我以為你一定會拖得更久呢。為了給我精神上的動搖。」

「不，我沒有在想那種奸詐的事情。就是單純想到而已。」

雖然堀北有點懷疑，但還是催我說出願望。

「如果我贏了，到時候就請妳加入學生會。」

「……那件事你之前也說過呢。」

我以前問過堀北對學生會有沒有興趣。

堀北當時打給她哥，結果哥哥卻叫她按照自己的想法判斷。所以，這件事就被堀北拒絕了。

「對，妳能接受這個條件嗎？」

「雖然我對學生會完全沒興趣……好吧，反正只要贏了就好。」

堀北答應，覺得只要贏了就沒問題。

「但不保證我就能進入學生會喔。」

「這部分不用擔心。南雲基本上是那種來者不拒的人。」

他跟淘汰許多人的學大有不同。

重要的是，如果是學的妹妹——堀北，那南雲應該也不會冷淡拒絕。

「我可以姑且問問你想要我進入學生會的理由嗎？」

「這是祕密。妳輸掉的話，我再告訴妳。」

「真讓人不高興。這點事情，告訴我也沒關係吧？」

「妳又在想輸掉時的事情啦？」

「……不是。因為我會獲勝，才打算先問出理由。畢竟也能理解成——如果你輸掉，你會就這樣不說明理由。」

輸贏決定之後，我確實連說出理由的意義都沒有。

「你哥一直都很掛心南雲雅的事情。就是這樣。」

「總之，意思就是要我監視學生會長嗎？」

「就是那樣。」

「哥哥拜託了你那種事啊。」

她有點不滿地看著我。

「因為沒有跟妳建立起友好的關係，這是不得已的。」

如果他們消除隔閡，可能從一開始就會把這件事告訴堀北了。

「不用謙虛了，哥哥在這間學校裡比任何人都在意你，不然才不會在出發的日子邀請你。真是的……怎麼會是你這種人啊？」

堀北這樣抱怨，同時慢慢起身。

「不說了，我要先把你的事情拋諸腦後。」

「不然我會撐不住。」她傻眼地揮揮手。

「堀北，最後我有一件事情想先跟妳確認。」

「什麼事？你還打算說出什麼奇怪的話嗎？」

「這跟櫛田有關。我會簡單說明我正在想什麼，以及現況。」

對於這讓人搞不懂的開口方式，堀北一臉懷疑地皺眉。

「現況？」

為了抑制櫛田失控，我和櫛田締結了契約。

所謂的契約，就是我為了保護自身安全，每個月要交出一半的個人點數所得。藉由這麼做，就可以被排除在櫛田的攻擊目標之外。

「你……是笨蛋嗎？居然結下那種亂來的契約。」

「這是為了搏得櫛田的信任才做出的事。」

「但這樣也太蠢了吧？每個月給一半，實在是太過頭了。」

「如果沒有這麼多，就無法動搖櫛田的情感呢。話雖如此，她被妳公開說教了一頓，對我的信任之類的都煙消雲散了吧。」

與其說是對我不滿，倒不如說，應該是處在充滿強烈疑慮的階段。

「真是的……我又開始懷疑你到底優不優秀了。」

我懂她傻眼的心情，但我還沒說完正題。

「所以，你告訴我這件事情的理由是？」

「之所以結下這份胡鬧的契約，是因為我判斷這之後不成什麼妨礙。」

「你說不斷提供多達一半的點數也不成妨礙？」

「因為只要簽約者櫛田退學，風險就會變成零。」

堀北聽見這個發言，就停下手邊動作。

用還有點紅的雙眼往我看了過來。

「你剛才若無其事地說出很不得了的話。這是什麼玩笑？」

「我原本打算讓櫛田退學。不對，現在也覺得她應該退學。」

「這……不是在開玩笑吧？」

「嗯。我的想法是預設要在夏天的階段捨棄櫛田。」

實際上也不是沒有可以排除她的時機。

「可是——既然你告訴我，就是狀況有變化，對吧？」

「對，我想把判斷交給妳。」

不由我做判斷，而是把如何處置櫛田交給堀北。

所以，我現在才會把這件事情告訴她。

「這不是很清楚嗎？我不打算讓櫛田同學退學。不對，我不打算貿然地減少任何一名同學呢。」

果不其然，這種想法似乎日漸堅定了。

「但我也不打算像平田同學那樣抱著天真的想法。總是有學生要站在犧牲線上，而那當然會是在今後貢獻度上替換過後的人物。」

意思就是說，如果像班級投票那樣非得有人退學，她就會做出決定。

「如果在貢獻度上櫛田到了最底層呢？」

「到時她當然會成為退學的第一人選。」

這些話裡似乎沒有謊言和虛偽。

「不過，目前她在班上到最底層的可能性很低。」

「我知道。因為我們看到的櫛田貢獻度算是很高呢。」

她讀書跟運動都算優秀，加上站在對班上來說不可或缺的位置。雖然山內退學的事情有點不順利，但也不至於到致命程度。

「如果是妳，我覺得可以把這件事交給妳才說出來。不過，妳越是有所成長，並成為同學的中心，櫛田就越會是個燙手山芋。」

她是知道櫛田過去的人——這無論如何都是無法抹滅的事實。

「所以你打算先替我排除她呢。」

「嗯，就是這樣。她也沒有天真到憑簡單的說服就會成為夥伴吧？」

「我也不是不認同這點。我深深感受到半吊子的說服與討論對她沒有意義。」

她就算很清楚這點，也打算接納櫛田嗎？

以前我只會把這當作單純的天真，但現在有點不一樣。

「既然這樣，我就沒有任何話好說了。」

「你……該不會在班級投票上以拉下櫛田為目標吧？」

「那樣太亂來了吧？雖然她幫了山內，但同學對她的信任還是很深厚。」

「是嗎，也是。畢竟也沒看見你有那種動作……但既然你告訴了我，我可以當作今後櫛田同學的事情，你能完全交給我吧？」

「嗯，我答應妳什麼都不會做。」

今後要做什麼選擇，都讓堀北決定就好。

「你會告訴我，是因為判斷我能跨越這個障礙嗎？」

「很可惜，我並沒有那麼樂觀。我現在也依然貫徹著排除櫛田的方向。」

「也是呢，既然這樣，那為什麼？」

被這麼問及理由，才讓我思考起這件事。

「你沒想過嗎？」

「我想想……我現在的確正在做很沒效率的事。」

考慮到將來，默不吭聲地讓櫛田退學，絕對才是正確的判斷。

然而，我沒這麼做。

我正打算託付給堀北。

其中的理由——

其中的理由嗎？

「我開始想看妳會怎麼面對這個阻礙……應該。」

我對自己擠出的答案沒有自信，但除此之外也沒有其他答案。

「大概吧。」

「我會先當作是這樣。你說出來的話，先聽一半好像也會比較好。」

應該已經完全恢復了的堀北邁步而出。

「我要回去了。你呢？」

「我要在這邊再待一下。」

堀北留下簡單的道別，就回去宿舍了。

說不定她半夜想起又會哭出來，但這樣應該就暫時沒問題了。

我想起和一之瀨上次的對話。

坂柳的存在，以及龍園、堀北的成長。

真期待啊，四個班級的戰鬥。

再過一年，他們能夠蛻變到什麼程度呢？

可以讓他們有各種成長的要素非常豐富。

學送我的那些話，我一直惦記在心上。

——成為會留在學生們記憶中的人。

「真是被送了一份不得了的餞別禮呢……」

為了成為留在人們記憶中的學生，我所能夠做的事。

大概就在於栽培學生，並讓他們成長。

讓成長的學生們競爭，並以更高的境界為目標。

我想像自己變成那種立場……沒錯，可以形容成是興奮嗎？我覺得好像很好玩。

我無意識地在腦中計算班級的戰力分析。

以及一年後看得見的結果。

每個班級都還需要成長。

強度實在是太弱了。我也有考慮到這些，仍產生興奮的情緒。

但另一方面，我也感覺到這股情緒急速冷靜下來。

「我追求的——應該是……安穩的日常。」

我現在才感受到，我對自己的內心抱著先入為主的看法。

我的內心——這個存在，在這一年確實有所成長，跟以前完全不一樣了。

不對，現在也正在成長才對。

我確實有在增長心靈。

我試圖這樣說給自己聽。

可是卻沒有效果。

簡直就像是深信這種行為對自己行不通。

應該就只是一直以來封印在內側的鍍層剝落而已吧？

我不由得感受到這種近似不安的漆黑情緒。

我——

我在明年的這個時候，還能繼續留在這所學校嗎——

這種難以言喻的黑暗——籠罩著我。

松下的疑心

在春假已經來到最後階段的四月三日，我——松下千秋堅定了某個決心。

「我還是很在意呢。」

我從學年末考試前後直到今天，都一直悶在心裡的某種思緒——

就是綾小路清隆這個同學的存在。

我最近非常在意他。

要是把這種事告訴某個人，說不定會被嘲笑說是戀愛或是愛情。

但並非如此。我也可以在此宣示，這絕非什麼戀愛情感。

因為我對綾小路同學開始產生了強烈的戒心。

對其他學生說出這種事，他們應該也會不解地歪頭。

但我正在以自己的方式找到答案。

要讓人理解我這種心情，首先，就必須讓他們了解我這個人。

我的出身算是富裕。有幸擁有溫柔的父母，讓我在生活上沒有任何不便，將我養育到這麼

大。我想要的東西，他們全都會買給我，相對的課業或補習班，我也一直都是以名列前茅的成績一路學習著。

父母感謝孩子的優秀，孩子也感謝父母的優秀。

我們建立了這種非常良好的關係。

甚至，雖然自己這樣說會有點奇怪，但我覺得自己也屬於長相亮眼的人。

如果知道這些事實的話，很多人都會對這樣的我羨慕不已。

長大成人，反覆經歷戀愛，最終跟一名有經濟能力的男人結婚。

我的人生大概不會是最好，但還是有著被鋪好的一條幸運人生軌道。

然後，這樣的我，也對將來抱著廣闊的展望。

我有幾個候補路線，認為當國際線的空服員，或是去大規模的一流企業就業也不錯。

但既然都進了這所學校，我也變得會想懷抱更遠大一點的夢想。

進入國外的一流大學，將來在大使館工作，然後從那裡邁向聯合國……我也看見了這種路線。

這是一帆風順的我，只要照著走就好的軌道。

我的人生不曾受挫。

不過，我第一個失算，就在於入學這所學校後。

那就是只有在A班畢業才能實現前往希望的升學或就業處。

換句話說，就是無法在B班以下的班級找到價值。

我當然有一定的自信靠自己的力量贏得自己想走的前途。

但是……在B班以下畢業這點，應該還是會變成累贅。

恐怕會被貼上「無法在A班畢業的學生」的棘手標籤。

變成那樣時的優點與缺點的影響性，對於期盼安定的我來說是負面要素。

還有，被分發到D班而非A班的這件事。

這代表我會扛著非常吃不消的不利條件。

可是入學當初的我還不怎麼焦急。那些大意使我運數已盡。

我們一個月就瞬間花光班級點數，掉到壓倒性的最後一名。

「冷靜想想……當時是有勝算的呢……」

沒錯。雖然我們是在D班出發，但起跑點都是並列的。

要是最初的一個月就有確實理解狀況，就結果上來說，也能升到前面的班級。

我們處在這種最糟糕的起點，可是過完一年之後，班級點數也算是上升了。

甚至一度升上了C班。將來也可以瞄準前段班……

「不對，好像沒辦法嗎？」

就算有早期發現，我們跟別班的基礎能力差距也比想像中還要大，應該遲早都會被甩開。只是今年偶然順利，但每個學生的實力還是遠遠不及別班。只要不推翻這種事實上的關係，我要去A班的可能性就會趨近於零。

我不太想把這種事說出口，但我自詡是個在整學年裡很優秀的學生。若是前百分之十的範圍內，幾乎一定拿得下來。

即使如此，我沒有在D班嶄露頭角並且位在階級的中段，都是因為我放水的關係。我當然會在重要場合不要扯後腿，但我不喜歡過於顯眼。再說，跟我關係要好的那群人，實在都是些程度低落的女生。

D班有一半的學生，占據了學年的後段百分之十到二十。

如果在這種狀況下半途而廢並且發揮出實力，我就會招惹許多嫉妒，然後被極度依賴、捲入麻煩事。我想要避免這樣。

再說，就算使出真本事，狀況應該也不會有太大的改變。

不論好壞，我都僅止於優秀，並不是天才。

最重要的是，我也不是那種會率先推動事物的人。

不過……

雖然並非想依靠別人，但我還是很想在A班畢業。

要實現的話，我就會希望以輕鬆的方式，導向讓未來安定的方向。

儘管為此就必須請全班努力……

這一年一路看來，我已經算是半放棄，認為沒辦法了。

確實存在一定的人才。

有堀北同學加上平田同學、櫛田同學，而且也有幸村同學跟王同學那種聰明的學生。

但是零件還不夠。實際的情況就是很多人都在扯後腿。

跟那些人相抵的話仍是負數。

要是再有兩三個跟剛才列舉的人才並駕齊驅的人物……我抱著這種焦急的想法。

沒錯——

直到注意到綾小路同學為止，我都為這種想法所苦。

雖然這是單方面的推測，但我認為綾小路同學跟我應該是同類。

不知為何就是想嘗試過只有自己的生活才進入這所學校的那種人。

比我更沒有出人頭地的慾望，對A班、D班的執著也很薄弱的類型。

即使如此，還是擁有紮實的實力。

假如這個預測正確。

那跟我加起來的話，就會有兩張手牌加入D班。

這麼一來，視活躍度而定，我們不是就能以前段班為目標了嗎？

我最近不時會閃現這種想法。

我為什麼會認為他是那種人呢？

該說是根據嗎？令我在意的地方，就在於至今的發展。

輕井澤同學不時追著綾小路同學的視線，以及那些微的距離感。

一開始我還以為是誤會，但因為她和平田同學分手，這在我的心裡才轉為了確定。

她被綾小路同學吸引了。

認為跟優質男人交往是階級地位的輕井澤同學，選擇了綾小路同學。

為什麼？因為他長得帥嗎？不對，我不認為只是這樣。

既然這樣，繼續保留人氣也很高的平田同學，對她來說應該還比較方便。

那麼——應該就是因為綾小路同學擁有讓她不惜捨棄那些人氣的「實力」。

我這麼做結論。

這麼一來，各種事都會嚇人地重疊在一起。開始在班上展現領袖活躍表現的堀北同學與他的相處方式，以及平田同學與他的相處方式。每個人毫無疑問都對綾小路同學表示敬意。他和一之瀨同學的距離也很近。

他會在體育祭與堀北前學生會長展開激戰，現在想想，也是件奇怪的事。更進一步補充的話，就是坂柳同學動員整個A班給他保護點數。就算他是為了讓山內退學而被偶然選上的學生，從他當上指揮塔戰鬥的事情去看，要以純粹的巧合來作結也太過樂天。

這樣不管是任何人，都會明白綾小路同學是多麼不可思議的存在。

可是，大部分學生都沒有發現。

這也理所當然。因為他在公開場合幾乎沒有活躍過。雖然腳程快是很突出的能力，但可以只因為這樣就爬到上段階級，頂多就只有國小生。高中生……不對，越接近大人，溝通能力也會越受到要求。

多數稱霸前段階級的學生們在擁有突出能力的同時，也會掌握溝通能力。光是缺少一項，給人的印象就會有懸殊的差異。

停在這個學生腳程快，但是沒有存在感——這就是大部分人對綾小路同學的印象。

假如程度如此，又擁有溝通能力，那綾小路同學的地位就會相當高。雖然也要視性格而定，但他可能會跟平田並稱雙璧。

但不知該說這是紙上談兵，還是強人所難。這就像是在希望須藤同學既聰明社交性又強，或是希望幸村同學也很會運動——這種不可能次元的話題。

現在我們班最優先需要的就是「學力」，其次是「身體能力」。

綾小路同學滿足這兩項的可能性很高。

而且，這兩項說不定還超越了平田同學。我還真是挖到了寶。

這當中當然包含了我的一些期望。

如果他可以是這樣的存在，就會成為班級向上的巨大力量。

實際上，如果他擁有跟我差不多的實力，我也沒什麼不滿。

雖然綾小路同學是這種情況，但我會變得這麼注意他，也是因為學年末考試的影響。

綾小路同學在快速心算上，適切地回答了實在不可能解開的題目。

這就是我得到為數不多的決定性一擊。

他那些未知的實力——

我很想要了解。

然後，假如那些都是真的——我就沒有不利用的選擇。

他在學力與體能上，幾乎可以確定跟我相當接近。從他這一年都在檯面下活動來看，應該不是靠一般手段就可以攏絡的對象。

但我對於預測他人行為很有自信，而且也對心理戰很有自信。這點是我比較厲害。

讓他覺得我只是出於好奇而接觸，並引導出他的本性、讓他合作。

這將會變成明年開始的反擊狼煙。

升上A班確實很有魅力。

「……開玩笑的啦。」

但現在策動我的動力不只是這樣，而是無趣感。

不只是走在踏實的人生軌道上，同時也在追求刺激。

我想追求那種其他同學所沒有的神祕之處。

這就是我想要接觸綾小路同學的最大理由。

換完衣服的我，今天也跟朋友約好要出門去櫸樹購物中心。

在這當中，我每天都會看向形形色色的人群，尋找綾小路同學。

不過，就算說是學校用地裡，偶遇的機率也沒那麼高。

我在春假前半段沒見到半次，浪費了一段時光。

我很想抓到些線索。

好奇心與心願，每天都自作主張地促使我移動視線。

1

「松下同學，這邊這邊——」

「早安～」

過了上午十一點。

我和篠原同學、佐藤同學，這些一如往常的成員們會合。

春假裡的我們每天都毫無意義地聚在一起大聊無關緊要的話題。我不討厭這樣，但還是有點無趣。

我這一年都在扮演乖寶寶，但現在變得會尋求刺激了。

於是，我決定稍微深入同學們的話題。

「篠原同學，妳跟池同學有進展嗎？」

我打算藉由應該可以獲得的些微刺激，來熬過這種無聊。

「欸，咦！為什麼為什麼，怎麼可能會有啊！」

篠原同學急忙否認，可是從那個態度看來，她藏不住心裡的動搖。

佐藤同學的那種「妳真的要聊那件事？」的驚訝，以及帶有興奮的眼神，讓人覺得很有意思。

這幾個月池同學和篠原同學急速接近，早就眾所皆知了。

雖然當事人想要隱瞞，但這裡可是間狹小的學校。

不管怎麼做，只要男女約會就會很顯眼。

「我覺得應該是時候可以告訴我們了呢。」

「就、就說我……可是，他可是那個池耶——他不就是個典型的沒用男嗎？」

篠原同學這樣否認，她的表達方式很恰當。只看條件的話，說他低等確實也是。個子很矮，讀書也不行，聊天也不厲害。就我看來，他這個對象有吐嘈不完的地方，可是戀愛不能只靠這些就測量出來。

有時候也有可能被那種沒用的男人吸引。這就像是無法預料的交通事故。

再說，如果以篠原同學的水準，也可以看作很登對。絕對不算不匹配。

「有什麼關係呢？誰會喜歡上誰都不知道呢。」

不管怎麼說，戀愛話題都讓佐藤同學雙眼發亮，對篠原同學面露微笑。

「就說不是了嘛！」

「妳可以不用否認啦，就我來說，我會想要聽聽真心話呢。對吧？」

面對不打算承認的篠原同學，我進一步地慫恿佐藤同學。

「嗯嗯，我也很好奇！跟我說跟我說！」

這種時候，可以因為一點指示就順著行動的佐藤同學，就讓我很輕鬆了。該說她是無法深入思考的類型嗎？無可奈何的是，在不好的層面上，這部分也確實地反映在她的學力上。

雖然我給了這種辛辣的評語，但就一個人來說，我並不討厭她。

篠原同學和佐藤同學都是我能卸下心防的朋友，是私下不可或缺的女生夥伴。

如果有傷腦筋的事，我也會想要陪她們商量、幫助她們。

接下來只要她們可以掌握實力，就無可挑剔了呢。

篠原同學完全不認為我會這麼想，說出了自己和池同學的關係。

「最近啊，我們也都在無意義地吵架。真的沒什麼進展啦。」

篠原同學嘆氣搖頭。

但這不是在否認絕對沒有進展。

「畢竟你們的個性感覺都沒辦法坦率呢——情勢可能會因為一點小事就有變化。」

雖然很登對，但給人一種會在奇怪的地方互相排斥的印象。

如果有契機的話，感覺就會一口氣縮短距離。

「比起我的事情啊，松下同學怎麼樣呢？有喜歡的對象了嗎？」

「我？」

篠原同學會像這樣回話也在我的預想之內。

倒不如說，是我誘導讓事情這樣發展。

「妳之前說過吧？說要交往的話，就要是高年級生。」

佐藤同學也想起般地贊同篠原同學的發言。不管是誰的戀愛話題，只要能炒熱氣氛，應該都會受到歡迎。所謂的女生就是這樣。

「是啊。不過——如果滿足特定條件，應該也不侷限於此吧——」

我操控兩人的意識，慢慢把話題引導至我希望的方向。其實也不至於講得這麼自以為是，這件事不管是誰都會在不經意的日常中執行，只是有無意識到這件事的差別。

「哦——改變想法啦？」

佐藤同學也理所當然地咬上這個話題。

「男人在條件上當然不能妥協呢。外表跟內涵都要是一流的才好。還有……家世也很必要呢。我會希望對方的父母也很有教養和素養。」

就算孩子的成長再怎麼奇蹟般的好，如果父母不合格的話，對象就會從及格線被排除在外。

「條件好、家世也好……這該不會是指高圓寺同學之類的？」

篠原同學有點半信半疑地問。

「咦咦～如果只看外在條件，那當然是不錯，但他不是很那個嗎？」

聽見高圓寺同學的名字，佐藤同學就有點反感。高圓寺同學在班上的評價超乎想像的低。理由很簡單明瞭，因為他是只會一直給班上添麻煩的奇怪存在。不過，應該也可以說是表裡差異最大的人。

只從外部看的話，像是外表、家世都無可挑剔，對女性也有很紳士的一面。

所以女生們跨學年地對他另眼相看也可以理解。

關於學力方面，我認為他只是平常不使出全力，而且藏著深不可測的實力。

他正好是個稀有種，滿足我所列出對男性要求的大部分條件。

如果只論實力，我認為班上的第一名應該是高圓寺同學。

可是有些事情，就算什麼都不做也能了解。

他不是正派人士想讓他行動，就會行動起來的人物。

是超乎想像的怪人。

我從一開始就知道怎麼做都沒用，光做都是白費力氣。

在這種意義上，他比須藤同學和池同學都還要……不對……他可以說是班上的一個累贅。

「高圓寺同學應該不行啦，是說，那已經不算是個人類了吧？」

兩人對我這樣的評價爆笑出來。

「他認真起來的話，一定會比平田同學更受歡迎，但他絕對不會認真吧？」

這就是我的評價。

然後，篠原同學和佐藤同學她們也強烈地同意這點。

他真是個令人感激的人物，告訴了我——人就算是一百分也會因為一個缺點而變成零分。

我們從池同學跟篠原同學的戀愛話題，聊到我理想中的圖像，接著前往下個階段。

「話說回來，佐藤同學，妳跟綾小路同學怎麼樣啦？」

「咦……？為、為什麼這麼問？」

面對我不經意的一句話，佐藤同學僵住了身體。

篠原同學也想起似的看著佐藤同學。那是在寒假時，佐藤同學告訴我們的事情。她向我們坦白過，自己很在意綾小路同學，而且很煩惱要不要告白。就像今天池同學跟篠原同學這樣，當時我只是打算遠遠聲援，同時看著她的模樣樂在其中。

「我、我並沒有什麼……」

佐藤同學否定到一半就語塞了。

但等到察覺時，佐藤同學關於綾小路同學的話題就戛然而止。

這代表了什麼，我跟篠原同學當然都了解，可是都沒有觸碰事實。

不管是告白被甩，還是改變心意。總之，只要佐藤同學不說，我們都會顧慮她的心情，不去觸及話題。

但對現在的我來說，這是詳細了解綾小路同學上不可避免的道路。

「……妳、妳們能保密嗎？」

她這麼開口。

我跟篠原同學確定可以聽見非常有意思的話題後，就各自拍拍佐藤同學的肩膀。

「當然啊。」

2

就這樣，我們為了聽佐藤同學的煩惱而移動到了咖啡廳。

接著會開始聽她提出的煩惱，並反覆表示贊同的行為。

這是一段女生會為了女生而安排的時間。

女生跟優先尋求解決的男生不一樣，會先從肯定對方開始。

不完全是件壞事。

「其實我啊……跟、跟綾小路同學告白了……」

隨著開場提出的這句話，我跟篠原同學都差點噴出紅茶。

「咦？咦！真、真的假的？什麼時候！」

以為自己跟異性的關係發展最快的篠原同學，不禁往前探出身體。

我也覺得他們之間多少有些進展，但想不到已經發展到那種地步。

可是，反過來看的話，也看得見結果。

假如交往了，她就會向我們報告了。

就算只是因為害羞而隱瞞，我也一定會發現。

不是這樣的話，就代表著……

「我被甩了。」

從她告白到現在，應該算是經過了一段時間。沒看見她的話裡有動搖或焦躁。

是哭過好幾次，然後打算往前走的狀態。

從這點去想的話——她說不定是在寒假期間告白的。

萬一是受我們刺激而操之過急，那我們可能算是做出了一件很抱歉的事。

「不會吧——！綾小路同學是笨蛋嗎！」

這是女生的告白，又是來自長相無可挑剔的佐藤同學。

對於他拒絕告白，篠原同學好像覺得很驚訝與憤怒。

「為什麼？咦？妳怎麼會被他甩掉？」

「……他說純粹是心情的問題。他說因為不喜歡，沒辦法交往。」

「這算什麼啊？」篠原同學扶著額頭，透露心裡的不服。

「只是因為有喜歡的對象了吧？像是堀北同學之類的。」

我跟佐藤同學這樣確認，然後她就左右搖頭。說到綾小路同學，的確就會隱約浮出堀北同學的身影。他現在在我們班上是個存在感逐漸增強的人。班上也稍微傳過綾小路同學可能在跟堀北同學交往的八卦。

可是，最後都沒有這種發展，所以不知何時好像都不會去聊到了。

「他說對象是堀北同學或櫛田同學也都一樣。」

果不其然，那兩人沒有在一起。

「不不不，咦──！」

堀北同學就姑且不論，篠原同學對於櫛田同學也一樣而情緒激動到不行。

「這已經算是對戀愛沒興趣的木頭了吧？有點傻眼，好噁心。」

我也明白她會想這麼結論的心情。

雖然關鍵的佐藤同學好像不這麼想。

「就算是可愛女生也沒打算搭理……這意思不就是他已經有真命天女了嗎？」

我這麼開口，並且看著佐藤同學，然後她就撇開視線，同時點點頭。

因為自己會比任何人都更仔細觀察心儀的對象。佐藤同學應該是最感受得到綾小路同學對誰有好感的人。

「我覺得綾小路同學……應該喜歡輕井澤同學。」

佐藤同學的視線稍微瞥向別處，同時這麼開口。

「不會吧？等一下，真的嗎？咦、咦？咦咦？真的確定是輕井澤同學？」

我跟篠原同學再次互相對視。

別人一旦知道這種組合，都會覺得太過意外。

但我只是假裝驚訝，心裡卻深深地贊同。

因為我自己的預測，和喜歡過綾小路同學的佐藤同學的意見完全一致。

「嗯，還有……我覺得輕井澤同學……大概也很喜歡綾小路同學。」

「跟平田同學分手，該不會是跟這件事有關？」

佐藤同學對我的疑問似乎半信半疑，但還是點頭同意。

意思就是說，主要是她個人這麼認為。

「從平田同學換成綾小路同學？哎呀——抱歉，我沒辦法理解。」

這不是打算選擇池同學的篠原同學有資格說的話呢。

「才不會呢，我……我也覺得綾小路同學比較好。」

「原來妳還喜歡他……？」

「我有試著忘掉他，但不管怎麼樣，目光還是會聚焦在他身上……」

所以，她就在每天看著綾小路同學的期間不小心發現了真相。

雖然對佐藤同學很抱歉，不過這非常有參考價值。

「話說回來……總覺得最近很常聽見綾小路同學的名字呢——」

篠原同學想到這個不經意的疑問。

「像是指揮塔的那件事嗎？啊，還有坂柳同學給了她保護點數的事情？」

佐藤同學有相同的感受，也說出綾小路同學變成中心的事件。

「真是不可思議，為什麼會是綾小路同學呢？雖然就堀北同學所說，那就是個偶然。」

那件事，我也覺得不可思議。可是，跟這兩人認真討論也沒用。

「現在想想，那真的超級高招耶，如果先給他保護點數，那麼像是學年末考試之類的，他就必須當犧牲品了吧？想到坂柳同學從最初就想到那步，這些就說得通了。」

我丟進她們在一定程度上可以接受的材料，決定結束話題。

「啊，原來是這樣……！」

如果不是綾小路同學，而是池同學的話，坂柳同學就可以贏得更輕鬆了。

當然，在選擇意外對象的意義上，就要是綾小路同學。

總之，對現在的我來說，這件事就先擱著了。
輕井澤同學喜歡綾小路同學，反之或許也是如此。
光是知道這點，今天就可以說是大豐收。
我應該也可以把這當作切入點接觸他。
「我以為輕井澤同學跟我一樣重視條件呢。」
「所以，這也就是說綾小路同學也……那個，很厲害。」
「他就只是跑得快吧？」
「可是啊，不知道該不該說是聰明，妳們不覺得他好像什麼都懂嗎？」
佐藤同學問我們這個問題。
「不覺得不覺得。」
篠原同學立刻否定，不過我站在佐藤同學那邊。
「比起奇怪的男生，他確實說不定有給人可靠的印象。」
篠原同學完全不贊同，所以我決定先附和佐藤同學。
「對吧！」
明明就被甩了，但綾小路同學被稱讚，她還是開心地雙眼發亮。
也就是說，她還留有戀愛的心情嗎？

「他只是因為很沉默寡言，才看起來是這樣吧？」

「池同學就完全相反，老是在說話呢。」

「對對對，就算叫他安靜，他還是會繼續說下去。」

篠原同學似乎有異議，不過也覺得尚可接受。

「然後啊，我——」

佐藤同學打算繼續說下去的時候，我在視線前方發現了綾小路同學。

其他人聊得興高采烈，都沒有發現。

「啊，對不起，我可以去打通電話嗎？」

我這樣確認後，她們便爽快地同意讓我走。

「說不定會有點久，有什麼事的話就聯絡我。」

我留下這些話，就假裝要去打電話，然後離開座位。

我追了上去，不久之後就看見了綾小路的背影。

畢竟有句話叫做打鐵趁熱。

直到離開篠原同學與佐藤同學的視線範圍為止，都不可以著急。我一邊假裝打電話，一邊追在綾小路同學後頭。我對於要不被他發現我尾隨感到一絲不安。

不知保持多遠的距離才算安全，或是並非如此。

萬一跟著他的事不小心露餡，我就會被他防備，所以我想要假裝是偶然。錯過這個春假，下次大概只能在升上二年級時才見到他。在這之前，如果可以接觸的話，我會希望先解決這件事。

而且，幸好綾小路同學的周圍也沒伴。搭話的時機就是現在。我這樣想……卻馬上躲了起來。因為看到有人接近綾小路同學。

「我記得那個人……是……新的理事長吧？」

不知為何，綾小路同學正被他搭話。這組合真有意思。說不定能意外獲得新資訊。

假如「實力」部分可以得到對方的保證，那情報就到手了。

「他跟理事長聊滿久的……」

時間將近十分鐘。

就單純被攀談來說，這也太久了吧。

難道說，綾小路同學跟那位理事長以前就認識嗎？

理事長親暱地攀談，但對照之下，綾小路同學則一如往常的面無表情。

「……我不懂。」

就算他們以前就認識，看起來也像是初次見面被詢問各種事而已。

從他們的動作，也完全看不出任何背景。

如果再稍微拉近距離，好像就能聽見對話內容，可是那樣很危險。

雖然也有假裝路人這招，可是這樣我就會失去藏身處。

我應該停留在這裡，再繼續觀察一下……

過了不久，漫長的對話突然宣告結束。

理事長跟遠處藥局入口附近等候的大人們會合了。

綾小路同學會怎麼做呢……他開始移動了。

他就像是什麼事都沒發生似的往某處走去。

我以為可以從他跟理事長的接觸意外得到情報，但是好像落空了……

原本打算找綾小路同學說話，但我已經開始準備撤回這件事。

可能還是該安排得萬全一點再行動。

我再稍微跟一下。如果什麼事也沒有，就回去篠原同學她們那裡吧。

我追著消失在轉角的綾小路同學，同時這麼想。

那天，我獨自來到櫸樹購物中心購物。

因為在春假結束，新學期開始以前，像是衣服之類的，我有些東西想要先換新。

雖然這天只有這種安排，狀況卻開始有所改變。

最初的異狀是從我的身後開始。

下一個異狀則是立刻從前方而至。

「可以借點時間嗎？」

當我正在思考要從何逛起時，狀況始於被四個大人搭話。

其中三人一身施工業者的裝扮，手持板夾。

可是，有一人卻是兩手空空。他是穿著整齊西裝的月城。

他讓我停下腳步，就回頭往那三人的方向看了一眼。

「那麼施工就麻煩你們按照程序進行。」

月城做出這種指示，讓大人們先走一步。

「綾小路同學，你好像還滿享受春假的呢，簡直算得上是個學生。」

我還以為他語氣溫柔是要說些什麼，還真具有相當的諷刺含意。

「您找我有什麼事呢，月城代理理事長？」

「哎呀，看來我似乎不受你歡迎呢。」

月城明知這點，卻還是刻意稍微提高音量，是周圍經過的人勉強不會停下腳步的程度。這代表他是故意這麼做。

「因為被理事長攀談會異常引人注目。我認為在這間學校裡，沒實力的學生就該待在陰影下。」

我希望盡早引出對方的要緊事。

而且後面跟著我的松下也讓我很掛心。

「我再問一次，請問您有什麼事嗎？」

雖然隔了一段距離，應該不至於聽得見對話內容，但她還是可能產生各種多餘的猜測。

「我會在想說的時機說出找你是為了什麼。這似乎會令你痛苦，不過也只能請你忍耐。你有異議嗎？」

月城根本不可能顧慮我。

倒不如說，這對他來說還很剛好，而在人來人往處拖拖拉拉地開始說話。

「我知道了，那就請您慢慢說。」

「就這麼辦。那麼，就先從天氣開始聊嗎？」

月城拍手並這麼提議，但馬上就瞇起眼睛。

如果是打算觀察、享受我的反應，那他就太膚淺了。

根本不可能靠這種事，就讓我情緒產生起伏。

「開玩笑的啦，我待會兒也有安排，進入正題吧。」

月城也理所當然地知道這點。

就算知道，也依然做出挑釁我的舉止。

不過他好像有話想說。

學校與學生——這個立場無論如何都無法逆轉。

既然我是學生，他就會徹底展示出我無法抵抗的權力關係。

「怎麼樣呢？把這個春假當作最後的休假，回到父親的身邊。」

他才不在乎什麼地點，關於內容也相當深入。

不過，就算其他學生聽見這些話，也不能怎麼樣。

就算對我很不利，對這男人也絕對不會有傷害。

話雖如此——

「你想要無視並且離開吧？不過，你最好別這麼做。我也有理事長的立場，如果學生對我冷淡，我也會表現出相應的態度喔。」

月城識破我的想法般地笑著。

「很不巧，我完全不打算從這間學校自主退學。」

「你就這麼討厭回到White Room嗎？」

「我很喜歡這所學校，有想要作為學生畢業的想法。除此之外，就沒有任何理由了。」

「這裡的確是間好學校。使用政府的豐厚資金，連這種購物中心都建設出來了。知道的人，應該都會嘆息這樣很浪費稅金吧。每年都揮金如土，用掉好幾億的資金，但大部分的國民都是笨蛋，只聽見概略，說這是為了培育孩子們的資金，就會迷迷糊糊地接受。」

月城嘆著氣，環顧櫸樹購物中心內部。

「正因如此，我有無數件必須做的事。我如今也是這所學校的理事長，就是因為替這間學校著想，才會像現在這樣工作。」

這就是他跟那些施工關係人士之間的互動內容嗎？

他在表面上必須扮演優秀的理事長，要做的事情大概確實很多。

「對了——追著你的那個女生，是同班的松下千秋同學嗎？」

他沒有改變往我看著的視線，這麼低語。

「雖然只是一瞬間，不過我看見她躲在圍牆後面。你好像很受歡迎呢。」

月城的視線應該幾乎只有望向我這裡，虧他觀察得到。他跟大人們對話，同時也一直有在注意四周嗎？

「您連一個班級的學生名字都確實記住了呢。」

「至少你的同班同學先記下來也沒有損失。」

我就先說這是為了造成精神動搖所做出的攻擊吧。

「她在快速心算上知道你的答案，大概就是這樣吧。你不覺得漸漸變得很拘束嗎？想當個普通學生度過，卻變得很困難。」

感覺他打算對我灌輸學校很討厭的印象。

「我會忍耐喔，如果是這點小事。」

「老實說，我覺得你的事情怎樣都好。倒不如說，我還對於必須分出寶貴時間抱持強烈的不滿。」

「既然這樣，現在馬上罷手不就好了嗎？這不是一件該被強迫的事。」

「因為你的父親不允許呢。要是忤逆那個人的話，我就會無法在我居住的世界存活下去。我也是個還想要往上爬的人。」

月城沒有要離開的樣子，而是漫長地繼續說。

「你可以不用對我做出這麼疑惑的應對。藉口要多少都能說，對吧？」

「嗯，也是呢。」

「我看過你在White Room的成績，非常認同你確實是個不凡的孩子。在年僅十六多歲的年齡上，可說是兼備了異常的能力。如果是一般的成人，心靈、技術、體能——不論是哪一項都遠遠不及你。」

月城靠了過來，同時露出和藹可親的笑容。

「結果，你還是在這間學校順利度過了一年。你要不要就此妥協？那樣才叫做大人。」

他要我將這一年作為回憶，並回到White Room。

「因為我還是個小孩呢，我沒有打算妥協。」

「哦，難道你覺得能逃出我的手掌心？」

「我打算抵抗到最後一刻。」

「有這樣的一句話——井底之蛙，不知道海有多大。你似乎有對自己評價太高的傾向呢，所以才能像這樣擺出不符身分的架子。」

月城輕輕張開雙手。

「雖然我不知道這間學校裡如何，但你絕對不是第一名。後來開發出的White Room學生裡也已經誕生了好幾名與你同等，或是更勝於你的學生。你應該要有自覺，自己是量產型的其中之一。」

「假如這是事實，不就沒必要管我了嗎？」

「你要不是那個人的兒子，應該就會是如此。你父親大概強烈期盼著把你帶到更高的境界。

不管看起來再怎麼理性，他也是個父親。他對你可以成為範本、當上引領眾多人的人物深信不疑。」

月城毫不隱瞞地透露自己對那男人的不滿。

這也像是在對我展現自己立場的強度、高度。

「關於White Room的存在，您是怎麼想的呢？」

「怎麼想？」

「您認為是必要，還是不必要呢？我是指您如何看待其存在。」

並非處在要卑躬屈膝的立場，那就請他務必多多賜教。

「我完全沒必要回答你吧？」

「如果聽見回答，我現在的想法也可能會改變。」

「雖然凡事都要端看個人理解，不過好吧，假如這樣你的想法或許就會改變，這也算是很廉價。」

月城八成知道我在說謊，但還是答應了。

「要談那個設施，就必須從它的歷史開始回顧。White Room是距今大約二十年前建成，你知道吧？」

「當然，因為我是『第四期學生』。」

「沒錯。如你所知，White Room從第一年度的第一期生開始，每年都會建立新的小組。小組各自會在個別的指導者底下受教育。然後，驗證哪一組最可以有效率地培育小孩。雖然因為去年的中斷，只能培育到第十九期學生……但也已經有好幾百個孩子們正在接受White Room的教育課程。」

我從來沒見過年齡不同的孩子們。

雖然在同個設施，也不知道任何人的長相和名字。

「對於White Room的狀況您還真了解呢。」

「大致上呢。」

透過對話，馬上就可以理解月城是多麼接近父親的人物。

他也一定是為了讓我理解這點才說出來的。

根據看法不同，他只會是個小人物，但如果改變視角，看起來也會像是大人物。

視狀況而定，他都可以改變自己。

正因如此，爸爸才會委託給他間諜般的活動。

「不論是哪個孩子都展現了一定水準的成長。可是，都不太能超越那個水準。就結果上來說，雖然設施營運了將近二十年，卻沒有誕生出任何一個小孩達到目標值。沒錯，除了你以外。哎呀，雖然這也是直到兩年前為止的事。」

到底有多少資金被投資到White Room呢?只有幾億應該不夠吧。

結果居然就只有我一個人,我再次感到這是件多麼空虛的事。

「你們栽培出優秀人才了吧?那些孩子們現在在做什麼呢?」

這是我一無所知的部分。

離開的同期們在做什麼,我完全想像不到。

月城顯得有點驚訝,但馬上就接受了。

「你無從得知在設施脫隊的孩子們的未來呢。孩子們出色地成長,得以貢獻社會——要是有這種事,倒還算是有救。目前為止在設施裡培育的大部分孩子,很多案例上都有問題,根本就派不上用場。應該是受不了那種環境,然後心靈崩壞了。」

月城顯得傻眼地繼續說:

「從出生的瞬間就進行徹底的管理教育——如果這件事實現,日本就會達成世上獨一無二的重大進展。不過,事情沒那麼單純。很不可思議的是,每個人的成長都有巨大的差異。無論如何,栽培上都不會同樣成功。即使如此,還是有紮實地漸漸展現出成果。拿緊追在你後頭的第五期學生、第六期學生來說,存留下來的孩子們之中也有人讓巨大的才能開花結果呢。接下來只要整頓制度,幾十年後的未來,White Room說不定就會昇華成為不可或缺的設施。你父親的計畫實在太過龐大和愚蠢——而且恐怖。」

月城嘮叨地述說，接著這麼總結。

「總之，這就是我對White Room的感想。既愚蠢，又恐怖的東西。」

「感謝您的長篇大論，真是受教了。」

「你被稱作惡魔的第四期學生，在同期因為太嚴苛的教育而接連脫隊的狀況中，只有你一人留到最後，就連最終的課程都輕鬆通過。我也認為你是寶貴的樣本。你最好趁那些輝煌紀錄沒有受損的時候回去。」

月城拿出手機遞給我。

「請你現在立刻聯絡父親，說出一句你要退學。這就是可以守住你的尊嚴，以及回應父愛的簡單方式。」

「月城代理理事長，您說的話確實不含有任何說謊的要素。聽起來甚至完美到像在闡述真相。」

關於White Room是如此，對我也是如此。

「你說得沒錯喔。」月城微笑。

「我想像中的您，就像是戴著不會讓人看透情感的鐵面具的人。偏偏剛才那些事，您似乎脫下了那張面具。」

換句話說，他是刻意操作形象，為對話內容帶來真實性。

因此，這豈止不具可信度，甚至讓人感覺在騙人。

到了這男人的境界，他根本不必在話裡交織真相與謊言。把黑的說成白的，把白的說成黑的，他應該都活用自如。

總之，他也能把百分之百捏造的故事講得跟真的一樣。

「我好像沒辦法讓你信任我呢。」

「很遺憾。」

「哎呀呀……」

「月城代理理事長，您才是最好在這邊退出吧？假如不能把我逼到退學，就會失去我父親的信賴。我覺得就算會受到一點責備，先在這個階段離開才比較明智。不然會很丟臉喔。」

「謝謝你的擔心，不過，這不需要。我不會失敗。」

我不知道他有多認真在說，但月城露出了毛骨悚然的微笑。

「再說，我是大人。我不會害怕一次的失敗。就算你成功把我擊退，但這也不能混為一談，反正我只要去做下一份工作就好。恥辱根本就沒什麼大不了。」

「您害怕我父親而協助他，卻能接受失敗。哪邊才是真心話呢？」

「不知道耶，到底哪邊才是呢？」

月城大概幾十年都一直在第一線戰鬥。

受到好評的鐵面具，說不定超乎了我的想像。

那男人都把他送進來了，我知道他不會是個半吊子。

「既然你不接受，那也沒辦法呢。我們就互相較勁吧。」

「是啊。」

月城好像終於在此滿足，於是跟我拉開距離。

「我差不多要走了，繼續讓他們等會很失禮呢。」

「不過，如果你不自主退學，今後的校園生活就會變得很辛苦。」

他是在說先行離開的關係人士吧。

「我希望安穩度日，但這也沒辦法呢。我有覺悟了。」

月城一直面露微笑，但離開時又進一步提議：

「要不要把這變成是單方面對你有利的遊戲呢？」

「遊戲？」

「新學期之後，我會從White Room召集一個人當作新生。」

我還以為月城要說什麼，這真是教人意外的發言。

「把這種事情告訴我，沒關係嗎？」

「沒有任何問題。你應該也想到了這種可能性。我覺得那孩子會是宣告你落幕的角色，所以等你察覺那孩子的真面目，大概已經在辦理退學手續了。」

月城似乎判斷用不著他親手動手。

我的戒心不會增強，也不會減弱。

我記住月城的話，但也完全不會相信他的話語。

「你好像不相信呢，難道我會送進四人或五人嗎？要說的話，這所學校也沒有天真到可以讓我送進好幾個人。這是很荒謬的呢。」

「不管你要說是一人還是一百人，我都不會相信任何內容喔。」

只要那男人想要塞人進來，不管是幾個人他都會塞。

我很清楚他就是那種男人。

「可能確實是這樣。」

「不過，要怎麼達成遊戲呢？」

「明年要入學的一年級生是一百六十人，如果你可以在四月之內找出其中待在White Room的學生是誰，那就算要我退出也沒關係。怎麼樣呢？這很破格吧？」

如果這是真的，那的確是件破格的事。

如果棘手的月城會離開，對我來說負擔也會減輕。

「實在教人無法相信呢。」

「聽一半也好吧？因為你不會有任何風險。」

姑且不論精神上受到的損傷，這的確是沒有風險的事情。

接受也不會有所損失。

「我知道了。就算只有形式上，我也會先接受的——接受這場遊戲。不過，您大概對於那個White Room學生的能力相當有自信。我也有唯一一件事情很有自信。」

「哦？那是什麼呢？」

「井底之蛙，不知道海有多大，卻知道天有多麼遼闊。」

「意思也就是說……正因你在White Room的狹窄世界裡不停探究，所以比任何人都了解那個世界的深奧嗎？」

帶給我無可動搖的自信，無庸置疑就是在White Room裡的教育。

不管有多少孩子們被施予相同的教育，也不會抵達那種高度。

不論早一年的第三期學生，或年紀小的第五期生，我所持的意見都一樣。

我對一直投以評估眼光的月城繼續說下去：

「這世上，當然存在比我更優秀的人。那是因為世界上活著多達七十億的人類。不過，在White Room裡就不一樣了。」

那個世界不存在比我更優秀的人。

唯有這點，我可以很有把握地回答。

「那個眼神——就跟你父親一模一樣。帶著深邃黑暗的可怕眼神。只有這眼神的深度，就算是其他再優秀的White Room學生，也是他們學不來的東西。」

月城領悟到繼續對話也沒用，於是轉身離開。

4

與月城道別後，我就暫時在櫸樹購物中心裡徘徊。

暫時忘掉月城那邊應該沒關係。

問題是一直消除氣息躲著的松下。

我也可以就這樣不跟她接觸，不過，要是她四處宣揚我跟理事長的事情也很麻煩。

我好好確認過松下來有追來，然後決定埋伏。

我必須先確定她為什麼要跟著我。

雖然我認為大概不可能，但作為可能性，也可以想像她是月城那邊的人。

儘管我不知道她是從一開始，還是中途才變成月城那邊的人。

就算只有這點，我也要先弄個明白。

要說有問題的話，就是我該在哪裡向她搭話。

今天的櫸樹購物中心因為接近春假的結尾，也因為是上午，所以非常熱鬧。

如果貿然搭話，也可能會顯得招搖。

我就算好時機，在早期階段做個了結吧。

令人安慰的是松下是班上的同學。

就算被目擊到聊得有點久，也只會被認為是不經意的日常對話。

我稍微快步拐過轉角，然後埋伏松下。

假如她沒追上來，我就利用惠來做出必要手段吧。

過了十多秒，松下彎過轉角，追了過來。

「哇！」

松下好像沒料到我會正面等她，因而發出驚呼。

如果她不是在追我，就不會過度驚訝了。

「有什麼事嗎？」

我冷靜地反問後，松下就為了平復加快的心跳，而手按著胸口。

「你是指什麼？……我是很想這麼回答，但是感覺露餡了呢。」

她似乎判斷我的態度，以及她展現的失態，靠笨拙的藉口是行不通的。

不過她為什麼要跟著我呢？

重要的應該是這個部分。

如果只是普通的搭話，就不必躲起來尾隨我。

「嗯。我稍微跟蹤了你呢。」

松下確認四下無人後，就承認自己是在尾隨我。

松下跟我之間沒有任何深入的交集。

但仔細觀察松下的舉動，就可以觀察到她很防備我。看得出來她不想被我識破心理狀態，而打算刺探我這邊的狀況。

「你認為我為什麼要跟蹤你呢？」

這並非單純的詢問，顯然在對我發動心理戰。

她一定是企圖從我這裡引出什麼情報吧。

「不知道耶，我一點頭緒都沒有。比起這個，妳是幾時開始跟蹤我的啊？」

我不會告訴她自己是在什麼時間點發現。

我回答疑問，也同時試著拋出問題。

「應該是不久前吧？對了——」

「不久前？」

為了不讓她追加問題，我打斷松下的話，並進一步反問。

如果讓她有機可乘，她大概就會回以：「你是從什麼時候發現的？」

「那是誰啊……對，就是你在跟新任理事長說話的途中吧。」

松下摻入謊言，但還是承認她看見我跟理事長的對話。

但松下馬上就微微垮下嘴角。她似乎發現這是自己判斷上的失誤。

我在這裡停頓。如果她對於我跟理事長的關係抱持疑問，必然會丟來詢問。

「你居然在跟理事長說話，發生什麼事了嗎？」

「聽說櫸樹購物中心要改建，他碰巧看到我，所以就來徵詢了意見。像是有什麼設施會感到開心，大概被問了好幾個這樣的問題。」

「哦，這樣啊……」

松下騙我是中途看見。她或許打算把從更早開始就跟蹤我所得到的情報當作優勢，但卻造成了反效果。既然她看見了和理事長一起行動的作業員們，就會把我剛才說的話理解成可信度很高的內容。

「所以，這又怎麼了嗎？」

「是沒什麼關係啦。欸，我有件事情很在意。」

松下這麼說完，就說出之所以跟過來的主題。

「這是有關學年末考試時的事……你不是當了指揮塔嗎？」

原來是這樣。我因為這句話而完全理解松下為何前來接觸。

「快速心算時，你告訴我的答案和高圓寺同學說的答案一致。」

要把這當作單純的偶然來收尾應該很困難。

「因為我國中時做過快速心算，才會比較擅長。」

「我也有在做，但那可不是比較擅長的程度，我覺得那是全國性的等級。」

我這麼說完後，她就立刻這樣補充。

感覺她很不高興自己在尾隨上被我封住了先機。

「那純粹是我擅長的項目，老實說，我也參加過全國大賽。」

「……真的嗎？」

「嗯，因為碰巧出現了擅長的項目，我想妳大概也產生了誤解。」

「可是啊，既然這樣就該更早說出來吧？」

「的確呢。可是，妳也知道我的個性吧？我在班上不是那種可以威風凜凜做出主張的立場，

而且我也是偶然擁有保護點數的臨時指揮塔。重要的是，對手可是A班的坂柳。就算說擅長快速

心算，我也很不安，不知道會管用到什麼地步。」

有多麼沒自信＝發言有多無力。同學對我有這種印象。

「這……唉，或許是吧。」

就算感受到一定的可信度，松下也覺得不能就這麼認同，而使出下一個對策。

「我啊……可是看到了喔，你跟平田同學在長椅上聊天的情景。」

她是指我跟班級投票時孤立的平田交談時的事吧。

我的背後也沒長眼睛，不知道自己被人看見。

不過就算這樣，也不需要慌張。

那個時間點，就算有人從遠處看見也不足為奇。

「因為靠近會被發現，所以是待在遠處，但我還是大概知道他在哭。」

那個場面以及快速心算——她湊齊了好幾個材料嗎？

松下的目的開始顯現出來。

從她的言行舉止來看，判斷她與月城毫無關聯應該比較好。

「隔天平田同學就回歸，應該不單純是個巧合吧？」

我以為她是普通的學生，沒想到還滿敏銳的。

令人好奇的是，她對我說出這些事。

不像她沒辦法先把話藏在心裡的樣子。

雖然看起來也像只是好奇心主導……

從她表現出的一部分舉動來看，這無疑是在虛張聲勢。也就代表她另有目的。松下以自己的方式組織邏輯面對今天，就算從這點來看，這也不是她突發奇想。她已決定事先接觸並提出此事。時間會在今天，恐怕是因為她發現我在櫸樹購物中心裡單獨行動。

「全國比賽程度的快速心算實力，加上體育祭上展現的腳程，而且又讓平田同學恢復。綜合起來所看得出來的就是……綾小路同學，你有在放水對吧？其實你應該更會讀書和運動吧？」

不惜特地接觸關係淡薄的我，也想要引出來的事情。

她對我的實力有所疑問，所以來確認真相。

我目前這一年都把松下當作同學對待，這與我想像中的截然不同。

我馬上就得到一個結論，決定指出核心。

「妳想升上A班，所以希望我幫忙嗎？」

「……你承認了嗎？」

面對我很乾脆地招供，松下似乎感覺到一定的恐懼以及成效。

「我說不定確實有在放水呢。」

「為什麼？在這所學校成績優秀再好不過吧？」

松下自以為拿下優勢，開始問題攻勢。

「因為我不喜歡引人注目……如果半吊子地會念書，也可能會轉為教人的那方吧？我不擅長那種事情。運動也是差不多的感覺。」

「原來是這樣呢。」

松下同樣有些隱藏的實力。這恐怕會跟她自己重疊，有些地方她應該可以強烈認同。她相信我的說詞。

「我希望你今後對班級做出貢獻。既然你擁有相應的實力，我就希望你發揮出來──為了我們班今後要繼續贏下去。假如你的實力貨真價實，而且又具備領袖的資質，要我推薦你也沒問題。」

主要就是跟堀北一樣。有實力的話，就要乖乖地發揮。

「我正好也打算這麼做。」

「咦？」

松下大概沒料到我會老實提出協助，發出呆愣的聲音。

「不過，我希望妳別過度期待。我已經使出了七八成的實力。老實說就算使出全力，讀書跟運動也沒辦法達到平田那種水準喔。」

至於今後我會如何在學校過生活，就暫時擱在一旁。

在這邊，我應該先讓松下在一定的程度上接受。

藉由告訴她自己有在隱藏實力，帶給她已經沒有更多祕密的印象。

然後，完全不提及自己察覺到松下也在隱藏實力。

對方當然會深感自己在心理戰上占優勢，然後暫時算出我的實力。

「等等，剛才你說已經使出了七八成……是真的嗎？」

松下應該幾乎沒有會認為我超越平田的材料。不過，她還是為了確認這是不是真相而乘勝追擊。

「對。」

就算我再次對提問點頭，松下也不打算接受。

「那輕井澤同學的事呢？」

「什麼意思？」

「……不知該說是她和平田同學分手的這件事與你的關聯性，還是怎麼說才好。」

「這是從哪裡得來的情報？」

「是我個人這麼感覺而已……但我認為一定有關聯。」

看來她完成了相當的事前調查，所以才沒有輕易接受。

松下不時浮現出明顯的自信。

「為什麼輕井澤同學會對你另眼相看呢……她可是不惜跟平田同學分手喔，告訴我這件事的理由吧。」

「這件事的理由啊……」

意思就是說，如果比起平田，我更低等的話，她就會無法接受惠的動機。

「她沒有對你另眼相看——你會這麼回答嗎？」

「……可能有吧。」

我這麼說完，就接受似的輕輕點頭。

「果然，其實你更——」

「不是……該怎麼說呢？我覺得妳可能誤會大了。」

「誤會？我是有確鑿證據才問你的呢。」

「我想我跟輕井澤……確實有不尋常的關係。」

「我想要了解，了解你真正的實力。」

「沒有，那是——」

「事到如今，你還不打算說出來嗎？」

「不是這樣。該怎麼說，因為這很難以啟齒。」

我一而再，再而三地語塞，同時將視線逃往不相關的方向。

面對打算進一步追究的松下，我無奈地說出後續：

「雖然很難解釋，不對，其實也不困難……那個，我認為大概只是我對輕井澤有好感，而我又把這件事告訴輕井澤的關係。與其說是另眼相看，不如說只是莫名在意我吧。」

「咦……？」

「……咦？」

我們互看對方。

「輕井澤同學不是看見你的實力，才把你看得很特別嗎？」

「應該沒關聯。」

「可是——就算被懷有好感，我也不覺得她會把你看得那麼特別。」

我靠近松下，往她的雙肩伸出手。

她好像沒想過自己會被抓住，不禁驚訝地睜大雙眼。

我好好地看著她的眼睛並這麼說：

「我喜歡妳，松下。我希望妳跟我在一起。」

「啥——！」

松下大概有一瞬間陷入了恐慌。我立刻放開她的肩膀。

「如果像這樣被表白，好壞另當別論，難道妳之後就不會在意嗎？」

「所、所以你是開玩笑的。原來如此、原來如此呢……」

直接讓她親身體驗，她之後就會自行從這個實際體驗中填補。

如果被異性認真告白，只要不是極度討厭的對象，當然都會在一定程度上變得很在意。

「我覺得她會跟平田分手只是偶然，畢竟我傳達心意也是在那之後。」

因為我根本就沒有告白，松下也無從確定順序的真相。

「……這樣啊，原來如此。抱歉啊，還跟蹤了你。」

「我有一個請求，我和輕井澤的事——」

「我知道。再怎麼說，我都不會去宣傳啦。」

我不能斷言這個答案她本人會百分之百覺得暢快。

不過，這樣就會暫時結束。我認為自己提供了那些材料。

關於我跟惠之間的事，她大概也不會貿然說出。

因為這件事而破壞我的心情，使我變得不合作，對松下來說才會是缺點。

上次松下的那件事，還有之前堀北和一之瀨的那些事。

構築了與坂柳理事長，以及茶柱、真嶋老師之間的合作關係。

與月城之間的算計謀略——光是春假，我的周圍就進展了許多事。

首先，最該警戒的就是月城。這跟其他事件不同，只是無視的話，狀況就會不斷惡化。也可能等到發現時我就已接到退學通知。因此，我不得不和教師們合作。那傢伙說了——說要從White Room把學生送來。雖然並非絕對，但十分有可能。月城根本無法一天到晚進出學生們的教室和走廊。他不可能總是藉由考試這種間接的手段對我進行攻擊。不過，如果是學生就另當別論。教室跟走廊都可以自由來往，可以創造出隨時都能接觸我的環境。光是這樣，也可以得到讓我退學的機會。甚至用來偵查情報也能做出很不錯的成效。

如果這化為現實，就稱得上是我周圍最大的變化。

接下來是堀北跟松下這兩人。這就是所謂班級內部問題。她們對我的實力抱有疑問，想要知道我的潛能。我也跟堀北約定要一決勝負，目前應該暫時不需要使出任何對策。

一之瀨那邊也會是很久之後的事。等我看過接下來這一年的戰鬥，之後也只要淡然執行該做的事就好。不過，這完全都是我周遭的事。

我個人的變化，就只有一點點而已。

沒錯——直到今天為止都是如此。

春假只剩下星期二、星期三這兩天，然後就要結束了。

在學生們就要面對新的戰鬥，而享受著最後休息的這天。

我為了追求巨大變化，決心發起某項行動。

要讓事情有進展，就要在這個時間點。

時間是下午六點過後。

現在是太陽開始下山，即將切換到晚上的時段。

話說回來，要是可以的話，有件事我很想問問看許多人的意見。

例如說，如果有喜歡的異性，該怎麼通往告白之路。

若是絕世美男、美女，也是可以突然告白，不拐彎抹角。

說「喜歡你」，對方就會回答「我也是」——真是可喜可賀。

但大部分的人都沒有那種幸運的處境。

對長相自卑、對個性自卑，或是對身體自卑。

錯綜複雜的三角關係，也是阻礙通往告白之路的存在。

總之，戀愛的入口「告白」，確實不是件簡單的事。

就是因為這樣，我們才會認真地在腦中盡情妄想。

應該都會拚命絞盡腦汁思考告白的成功機率。

是百分之十，或百分之二十，或者是二分之一的機率成功呢？

有時也可能會得到百分之八十至九十，這種將近百分之百的把握。

但還是會不安。

害怕告白失敗時，跟對方至今為止的關係會有很大的改變。

雖然應該有不少樂觀的人不在意這種事，但對於還是高中生的年輕人來說，學校就是一切。

通常都會對於在學校裡的世界建立的關係崩壞感到強烈的恐懼。

於是，就會進一步思考。

思考為了盡量提昇百分之一的機率，該怎麼做才好。

然後，就會開始付出各種努力。

首先會從做得到的範圍開始，像是嘗試把髮型改變成對方的偏好，或是試著打扮得很時髦。

也會讀書和鍛鍊身體。

或是，說不定還會採取一起吃飯或送禮的戰略。

用各種手段讓機率變動。

有時候百分之一可能會升到百分之九十九，有時也可能失敗，然後從百分之九十九降到百分之一。

我們會拚命理解對方，想要看穿對方的情感。

那就是直到告白之前的程序。

然後——我也一樣要經過那種程序。

我跟其他男女生同樣地思考、苦惱。

不過，這種事不限於戀愛。

如果要說得廣泛一點，一切的事物都存在看不見的機率，每天都會因為事件而變動。

就像是高中為了升大學而念書，也是在讓合格的機率產生變動。

對於狀況的理解，會因為我們有多意識到這點而大有不同。

不限應考或告白，就算那些事成功，事情也不會這麼結束。

倒不如說，也有很多事從那裡才開始。

如果在升學後的地方受挫，應該也會通往輟學或退學。而且戀愛也可能會因為花心或暴力而

解除關係。

我設想到了很遠的未來——一個月後、半年後、一年後。

有時也會發生跟預定不同的狀況，但我算是不太喜歡突發性的行動。

何況，關於自己要採取行動的事，又更是如此。

好啦，稍微回到話題上。

我直到這天為止所做的，全都是為了讓「某個機率」變動。

這當然是為了提高成功機率。

成敗恐怕會在今天出爐。

如果我的判斷正確，現在就是時候要收到聯絡了。

我握著的手機響了起來。

螢幕顯示的是冰冷的十一位數號碼。

那是沒登錄在手機上，來自輕井澤惠的號碼。

「是我。要妳聯絡，真是不好意思。」

我讓電話響了幾聲後，就這麼接起電話。

我大約在三十分鐘前打給惠，但她當時沒有接電話。這是她的回電。

『是沒關係啦。你要幹嘛？』

「妳的聲音聽起來很不滿耶。」

『沒有啊。與其說是不滿，倒不如說我有事情想要確認呢。』

「妳是指之前把妳叫出來，後來卻沒有任何聯絡的事嗎？」

我在跟日和見面的那天把惠叫出來，結果卻沒告訴她任何要談的內容。

我只說如果想起來再聯絡她。

然後直到春假眼看就要結束前，都刻意沒有聯絡她。

『你好像知道呢。幹嘛？你在耍我嗎？』

「關於這件事，要不要直接見面談？」

我這麼打斷了她的話。

『咦？』

「我說想起來就告訴妳的那件事，我想到了。妳接下來可以過來嗎？」

『真是的……你也太顧自己方便……是可以。這個時間被別人看見也不關我的事喔。』

這個時間進出宿舍的學生也很多。

惠被他人看見造訪我的房間，機率也算高吧。

「這點可以不用介意。」

我告訴她這點沒關係，勸她來訪。

『我知道了。啊，還有我七點開始有安排，所以不能空出那麼多時間。』

「我會長話短說，十分鐘或二十分鐘左右，大概會這麼久。」

『那就沒問題，待會兒見嘍。』

惠這麼說完，就掛斷電話。

好了——那就開始吧。

準備萬全了。我環顧房間裡。室內弄得比平常還整潔。

我看了一眼鏡子。

一臉正經地面對凝視自己的那個我，然後馬上移開視線。

1

惠面露不悅，端坐在我的房間裡。

這身模樣確實是接下來有外出的安排，打扮得很漂亮。

「所以，你要幹嘛？」

對於我不開口說話，她投以感覺很不悅的眼光。

我把她叫過來，也不能什麼都不說。

「妳是指什麼？」

「不對，什麼指什麼？你想起自己想要說的話了吧？」

「這麼說來，是沒錯呢。」

「…………」

「…………」

對於難以啟齒的我，惠的眼神變得更加厭煩。

「所以是怎樣？」

「哎呀，別這麼著急。」

「我剛才也說過了，我七點要跟朋友在櫸樹購物中心吃飯。你知道嗎？」

「時間還很充裕，沒問題。」

「真不知該不該說是感覺很差。就你來講，還真拖拖拉拉的耶。」

對於我跟平時不同的模樣，惠開始抱持不信任感。

「……對了，我必須先對你表示不滿呢。」

因為我一直不開口說話，所以惠就發起了牢騷。

「想先對我表示不滿？」

老實說，我不知道她想說什麼，所以還是老實地反問。

「佐藤同學對於我跟你的關係做了各種懷疑。」

佐藤——雖然她最近都沒來纏我，不過她是曾經對我表示好感的同學。

「我以為拒絕告白後被她討厭了呢。她是怎麼說的啊？」

「她問我跟平田同學分手，是不是為了要跟你交往。我被她委婉地確認了這些。」

也就是說，雖然佐藤避免直接表達，但還是問了能這麼理解的發言嗎？

「我當然否認了，但她相信到什麼程度就很難說了。」

「是嗎？我這邊也有類似的狀況呢。」

「啥？什麼啊，類似的狀況？」

「松下對於妳跟我的關係有各種懷疑。例如是不是在交往。」

我向她報告上次跟松下的互動，惠的臉色就漸漸發白。

「啥？啥？不會吧？這是真的嗎？你不是在開玩笑？」

「當然不是在開玩笑。」我點頭之後，就說明了原委。

例如松下跟我一樣是一直隱藏實力的類型，觀察力優異且懷疑我跟惠的關係，以及對我的實力抱持疑慮。

「等、等一下，我腦袋來不及整理。」

惠的頭好像很痛，於是扶了額頭。

「我覺得事情正在往非常糟糕的方向發展……這件事，你有什麼想法嗎？」

她知道現在的狀況，於是尋求我的感想。不對，是尋求對策的方案。

這跟今天把她叫出來也有關聯，這裡我就老實回答她吧。

「放著不管不就好了嗎？」

「不對不對，不行啦！說起來我跟你的關係……不是根本就沒什麼嗎！」

「意思就是說，妳討厭明明沒什麼，卻被人覺得有什麼嗎？就算松下洩漏了謠言，讓人隨便說也沒關係吧？」

「啥？讓人隨便說……這種事怎麼可能放著不管？你馬上去跟松下同學說啦，說我跟你沒有任何關係。」

「現在貿然地跟松下說藉口，也只會有反效果就是了呢。」

「這點事情，如果是你的話，一開始早就知道了吧？幹嘛要說出半吊子的謊言？」

「不管我說什麼，狀況都不會改變。佐藤正在懷疑我跟妳的關係吧？如果是跟佐藤很要好的松下，那她應該遲早都會從佐藤的口中聽見我跟妳的關係不尋常。不對，或許極有可能是聽完才行動的。」

應該想成是聽完周圍的意見後才來接觸我。

「……說不定是這樣啦……」

接下來她勢必也會接觸惠。

就算在這裡強烈否認，下次她的疑慮就只會轉為確信。

然後，要是被她知道我說謊，她也可能會四處宣傳。

既然這樣，在早期階段就先讓她站在我這邊，對今後也會比較好。

不過，惠在意的似乎不是這種事。

「可是……我跟平田同學分手，那個，是為了跟你在一起——這種事與其說是在班上，倒不如說萬一在學校裡傳開，我可是會很傷腦筋耶。」

「為什麼會傷腦筋？」

「所以啦——我的意思是這種事要是傳開，對我的未來不是就會有影響嗎？」

她逼近過來，對我表達不滿，更是滔滔不絕地說：

「聽好了，不論是男是女，只要身邊有異性存在的跡象，就連別人靠近的機會都會減少。」

「你懂嗎？」她把食指豎在我的眼前。

「總之，妳要開始新的戀情的時候，我就會很礙事嗎？」

「……就是這樣。」

如果從旁人立場去看，就可以理解她想說什麼。知道須藤喜歡堀北的人，就會很難接近堀北

——就是這回事。

「你真的懂嗎？對了，我可以問你一點事嗎？」

惠以為我無法理解，接連開口：

「你……跟那個叫做椎名的女生關係很好？」

「椎名？喔，妳說日和嗎？」

「日……」

是個我會直呼名字的人。

當然，我會以名字稱呼的對象包含惠在內，還有波瑠加和愛里等人。

這件事，她本人也知道。

不過，她好像沒想到連別班都有。

「她確實跟我很要好。我們一樣喜歡閱讀，興趣也很合。怎麼了嗎？」

我告訴她這點，惠的臉色就開始變了。

「哦……興趣相同。閱讀……哦……是喔。跟我完全不一樣。」

跟惠的類型當然完全不一樣。這種事她本人應該也很清楚。

「所以呢？」

「……呃，所以啊……啊，討厭！我都忘記自己想說什麼了啦！」

惠氣得雙手抱胸，往不相關的方向看去。

過了沒多久，穩住呼吸之後，她就開始說出好像想起來的那件事。

「如果你跟我的謠言傳開，椎名同學也……那個，會很難親近你吧？」

「原來是這樣啊，可能確實如此。」

我承認這個事實以後，惠就站了起來。

「你想跟誰要好，都隨你的便。」

惠這樣說完，就背對著我。

「抱歉，事情……可以下次再說嗎？我想要早一點去櫸樹購物中心。別班的男生們也可能會來玩，就算是為了抹除謠言，我也不能不鼓足幹勁，所以我沒有空理你這種人。」

「鼓足幹勁？」

「我跟平田同學分手了，所以要找新的男朋友。不好嗎？」

「沒有不好。」

「……對吧？所以我要走了。」

我有點使壞過頭了嗎？

我也一樣站了起來。她大概以為我要送她到玄關吧。

「不用了。」

面對加強語氣拒絕的惠，我叫了她的名字。

「惠。」

「真是的，幹嘛啦？」

「妳不喜歡的話，也可以單純地無視掉。」

「啥？」

她回應我般發出傻眼的聲音。她很警戒，心想我還打算再說什麼。

「妳要跟我在一起嗎？」

「咦？」

她皺著眉頭，搞不太懂地回頭看我。

「要做什麼？倒不如說，是為了什麼事？」

她似乎把話解釋成我要她跟著一起去什麼地方，所以才說出這種話。

「不是的。我是在問——妳要不要跟我在一起。」

「哎呀，我就說了——我搞不太懂……你的……意思……」

不必繼續說下去了。我看著惠的眼神，惠的眼睛接下我的目光。

若關係淡薄就姑且不論，但如果是我們兩個，只要對視就能傳達情感。

「欸，咦，啥，咦！這、這是什麼玩笑啊，太惡劣了……！」

「如果這是在開玩笑的話。」

「可、可是！你不是才剛暗示了椎名同學的事情嗎！」

「那是在開玩笑。」

「可是——上次——」

「那只是——我想想，大概是想測試一下妳會不會嫉妒吧。」

我把惠叫來咖啡廳，讓她看見我跟日和聊得很熱絡。

當然，我幾乎沒必要做這種事。

不過，這是展現我對戀愛很笨拙的方法之一。

「如、如果這是在騙人，我跟你的關係真的就會結束……如果你要撤回，說這是假的告白，那這就是最後的機會……關於這件事，你真的明白嗎？」

意思就是說，疑神疑鬼的惠處在連ＹＥＳ跟ＮＯ都無法回答的狀況。

「我當然不是在開玩笑。告訴我答案吧。」

「唔……就、就就就就、就算你這麼說！」

「我剛才也說過了，妳不喜歡的話，要無視或拒絕都隨妳高興。」

「又沒人說要無視！是、是說，為什麼啊！」

「為什麼是指？」

「那個，就是，像是因為你……我……之類的。說起來為什麼會是今天……之類的……」

因為前者沒清楚說出來，我只有回答後面的問題。

「為什麼是今天呢。雖然沒辦法好好說明為什麼會是今天，但我可以好好說明為什麼會是現在。因為我想要阻止妳變成別人的女朋友。」

「意思是——你……喜歡……我？」

惠的提問帶著前所未有的強烈情感。

我就會在這個瞬間，或是在這之前感到悸動，接著可以強而有力地回答她……我原本這麼以為。

「對，我喜歡輕井澤惠。」

應該算是人生重大事件之一的告白。

拋出真正心意的瞬間。

對於惠的疑問，我有成功發自內心地回答嗎？

跟他人告白的行為，一切動機原本就是因為單純的喜歡。

是因為想把心上人納為己有的欲求所做出的求愛行動。

「妳的答覆呢？」

我已經把球傳給了惠，剩下的就只要等待回應。

惠拚命整理混亂的腦袋，然後不知何時就拚命地把逃避的視線看回我這邊。

「——我、我就跟你交往……吧。」

「我可以把這當作是妳喜歡我嗎？」

「你要叫我說出這種話啊！」

我了解她不知所措的心情，但這作為確認事項，也是無法去除的部分。

有了這個答覆，我們的關係才會迎接確實的變化。

「對，我要讓妳說出來。」

我催促這件事，雖然惠很驚訝，但沒有露骨地拒絕。

「唔……」

沒有旁人在聽，也沒有在契約上蓋章。

這是只有我們兩人才知道，只屬於我們的對話。是只有我們要互相遵守的約定。

「沒辦法回答嗎？」

她沒辦法回答的話，就必須由我提議該怎麼做了。

「等、等一下。我、我正在急著培養情緒……！」

她把張開的雙手往前推，阻止我催她，並且要我稍等。

我決定看著她的這種模樣，靜靜等待那個時刻。

過了大約幾十秒，她下定決心並凝視著我。

「……這個嘛，哎呀，那個，該怎麼說……」

雖然下定了決心，但要編織話語，好像還是很辛苦。

看著她這種樣子，也因為感覺到一股莫名的可愛，等待的時間並不痛苦。

「關於你……所以，我……」

要擠出許多勇氣很辛苦，但只有眼神，她絕對沒有移開。

這說不定就是惠做好覺悟的證明。

這就是輕井澤惠強大的地方。

一旦決定，不論什麼情況都打算貫徹的意志。

「應、應該……是喜歡吧……不知算不算應該……」

她的聲音慢慢變小聲，含糊不清地繼續告白。

「我也……喜歡上……你了……雖然很不甘心……但、但是我承認！我承認啦！」

惠不知為何生氣地說出這是兩情相悅。

我伸出雙手，溫柔地抓住惠的左右手臂。

「欸、欸欸！你、你該不會要親人吧！」

比起被我要求訴說喜歡時，惠做出更大的反應。

就算要在這邊接吻，惠應該也不會不願意，但我不會踏到那一步。

「這我不會做。目前還不會。」

「還……還不會……」

換句話說，今後這種行為也會納入考量。

她想像了這件事，便凍結般地僵住。

我把這樣的惠溫柔地抱入懷裡。

這也是兩人的關係大大跨出一步的證明。

「只是這樣的話，應該可以吧？」

「──呃，如果只是這樣的話……」

就算不看她的臉，我也知道。

惠現在一定很不知所措、緊張，然後應該也很喜悅。

臉上大概是無法說是笑容還是什麼的表情。

「欸，你是不是稍微長高了啊？」

「可能吧。」

入學前測量的時候是一百七十六公分。在這一年長高了也不奇怪。

其他學生們也是這樣。

人是會成長的生物。

然後，也是一種喜歡學習的生物。

這是本能。

就像學騎腳踏車或學游泳那樣。

就像學習拿筷子或用吸管那樣。

我透過惠學習戀愛。

這是我目前的人生中沒學過的事。

是White Room裡學不到的事。

我受到了探究心的刺激。

對象是惠，還有另一個重要的意義。

因為這場戀愛對輕井澤惠的成長過程會很必要。

預測未來的一年，這時她跟我的關係就會很重要。

要是她還是要寄生在宿主身上而活，那她遲早都會失敗。

為了阻止這點，就會少不了這個階段。

我——

我現在露出了什麼表情呢？

我有在笑嗎？

或露出了害羞的表情？

還是一臉不知所措或者微笑？

我不知道。

我不知道自己現在露出什麼表情。

——不。

不對。

其實我知道。

知道自己現在露出什麼表情。

我知道自己在想什麼、打算做什麼。

人會對學習感到喜悅。

這點在讀書、運動、遊戲上都一樣。

如果切身感受到了進步，就會感到愉悅。

這在戀愛上也一樣。

我不懂戀愛。

不懂戀愛、不懂愛。

不了解男女關係。

不懂會在最後等著我們的羞恥感、快樂等情緒。

不久的將來，我一定會逐一知道答案。

但是，應該還是什麼都不會改變。

這只是在學習。

然後成長、向前邁進。

對我來說，惠也可以說是一本名為異性的教科書。

讀完那本書的時候——她的「職責」就會結束。

還是說——

今後等著我的，不會是那樣的未來？

她會變成不會離開我、無可取代的人嗎？

我不知道。

我如此期盼，但自己某部分也知道不可能。

我就祈禱吧。

祈禱現在這個瞬間——抱著重要對象的我正在微笑。

祈禱自己會是一個發誓珍惜女友的年輕學生。

我溫柔地抱著惠，這麼靜靜祈願。

後記

穩定地睽違四個月不見了，我是大家的衣衣。

令和元年，各位過得如何呢？我——過得很好喔。

好啦，關於我的近況，我在某個週末去做了一次海上皮划艇，之後就都在工作。

到了秋天出遊季，就會想要來個開車兜風去某處，再順道住一晚的溫泉旅行呢～可是我現在都還是在默默地工作。現在想想，這一兩年就連像樣的神社巡禮都沒有呢耶。

雖然只是件小事，但最近我覺得自己真的老了。

以前自認在電腦等機械類上很厲害，現在這時候卻發現自己已經無法徹底駕馭版本漸漸升級的手機機能。內容太複雜，我都搞不懂什麼是什麼。程式的使用上，除了最低限度功能以外的都無法善用。我客觀地看著這樣的自己，就會把不擅長機械的大人們的身影與自己重疊。而且就算是開車，也是有一堆搞不太清楚的按鈕和機能……

我會覺得——啊……這樣啊，原來我也像這樣跟不上了呢。

自己可悲的話題，就先聊到這邊……好的，這下子一年級篇就結束了。感覺很漫長，但一到了現在，總覺得也就一瞬間，還真是不可思議。

男主角綾小路，以及他周圍的朋友們。雖然這集登場的，只是眾人之中的一部分，不過，我還是很希望能讓各位看見他們的各種變化和成長。

然後下集開始，終於就是二年級篇了。當然會有跟目前為止一樣，在同年級之間的班級對決，但我也打算以低年級生、高年級生，還有校方——以這四方的戰鬥為中心推進故事。雖然資訊量增加，將會有些地方讓人感到辛苦，但還請各位繼續陪伴我。

插畫方面也順利進行，目前的狀態是主視覺、下集封面都已經正在製作。我想主視覺不久後就可以先行公開，希望大家敬請期待。

那麼，下回也……不對，下回開始也再次請各位多多指教。

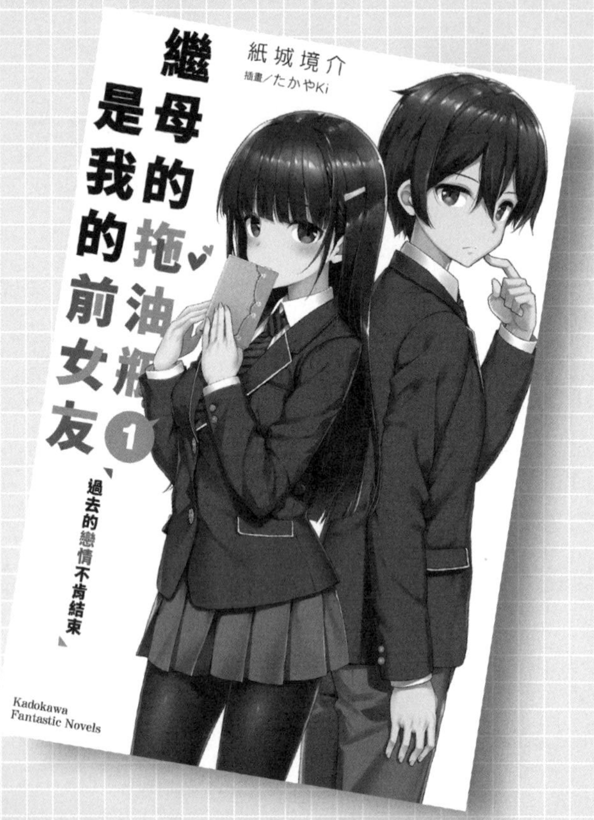

繼母的拖油瓶是我的前女友 1 待續

作者：紙城境介　插畫：たかやKi

在一個屋簷下展開的，
甜蜜卻又讓人焦急喊救命的戀愛喜劇！

即將升上高中的水斗與結女才剛分手，馬上以意想不到的形式重逢——爸媽再婚對象的拖油瓶，居然是前任！前情侶顧慮到爸媽的心情，說好了必須遵守「誰把對方看成異性就算輸」的「兄弟姊妹規定」，然而同住一個屋簷下，無法不注意對方的一舉一動!?

NT$220/HK$73

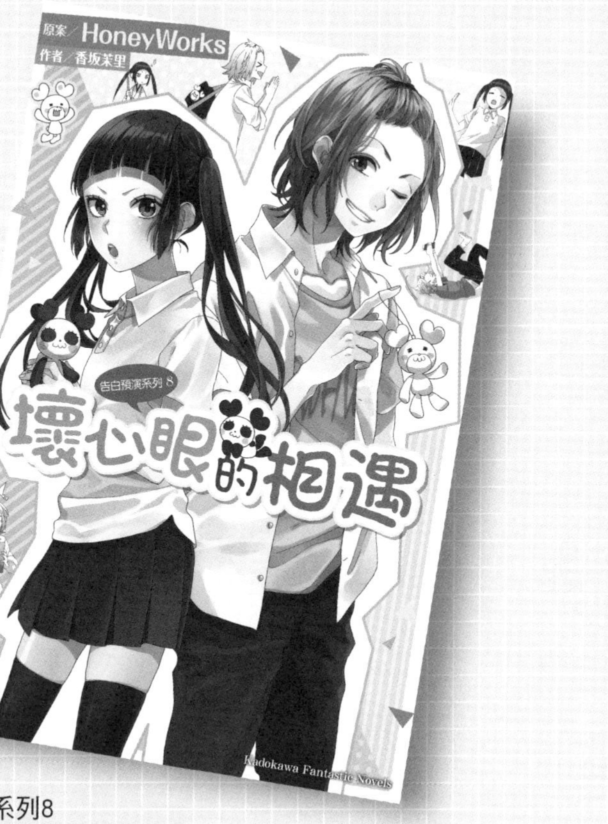

告白預演系列8

壞心眼的相遇

原案：HoneyWorks　作者：香坂茉里　插畫：ヤマコ

HoneyWorks超人氣戀愛歌曲「告白預演」系列，
系列作小說化第八彈！

主張「開心享受戀愛的人才是贏家」的柴崎健，一時興起試圖接近從國中就在意的高見澤亞里紗，卻得到一句：「你在演戲嗎？這樣絕對很無趣吧。」這句話讓健開始動搖，為了縮短兩人間的距離，原本不會認真的他，回過神來卻發現自己陷入單戀……？

NT$200/HK$67

國家圖書館出版品預行編目資料

歡迎來到實力至上主義的教室. 11.5 / 衣笠彰梧作 ; Arieru譯. -- 初版. -- 臺北市 : 臺灣角川, 2020.11

面 ; 公分. -- (Kadokawa fantastic novels)

譯自 : ようこそ実力至上主義の教室へ. 11.5

ISBN 978-986-524-058-5(平裝)

861.57 109013950

Kadokawa
Fantastic
Novels

歡迎來到實力至上主義的教室 11.5

（原著名：ようこそ実力至上主義の教室へ 11.5）

2020年11月4日　初版第1刷發行
2024年4月25日　初版第7刷發行

作　者：衣笠彰梧
插　畫：トモセシュンサク
譯　者：Arieru

發 行 人：台灣角川股份有限公司
總　　監：呂慧君
總 編 輯：蔡佩芬
主　　編：林秀儒
編　　輯：黃怡珮
設計指導：陳晞叡
美術設計：宋芳茹
印　　務：李明修（主任）、張加恩（主任）、張凱棋、潘尚琪

發 行 所：台灣角川股份有限公司
地　　址：104台北市中山區松江路223號3樓
電　　話：（02）2515-3000
傳　　真：（02）2515-0033
網　　址：www.kadokawa.com.tw
劃撥帳戶：台灣角川股份有限公司
劃撥帳號：19487412
法律顧問：有澤法律事務所
製　　版：巨茂科技印刷有限公司
ＩＳＢＮ：978-986-524-058-5